培养小学生情商的100个故事

"读·品·悟"
小学生成长必读系列（第二辑）

总　主　编◎高长梅
本册主编◎于　松

九州出版社　全国百佳图书出版单位
JIUZHOUPRESS

图书在版编目(CIP)数据

培养小学生情商的 100 个故事/于松主编. –北京：九州出版社, 2008.11(2021.7 重印)

("读·品·悟"小学生成长必读系列. 第 2 辑)

ISBN 978-7-80195-943-0

Ⅰ. 培...　Ⅱ. 于...　Ⅲ. 故事—作品集—世界　Ⅳ. I14

中国版本图书馆 CIP 数据核字(2008)第 187608 号

培养小学生情商的 100 个故事

作　　者　高长梅 总主编　于　松 本册主编
出版发行　九州出版社
地　　址　北京市西城区阜外大街甲 35 号(100037)
发行电话　(010)68992190/2/3/5/6
网　　址　www.jiuzhoupress.com
电子信箱　jiuzhou@jiuzhoupress.com
印　　刷　北京一鑫印务有限责任公司
开　　本　720 毫米 × 980 毫米　16 开
印　　张　10
字　　数　112 千字
版　　次　2009 年 1 月第 1 版
印　　次　2021 年 7 月第 3 次印刷
书　　号　ISBN 978-7-80195-943-0
定　　价　29.80 元

冬天里的天鹅

第 1 辑

天鹅湖中有一个小岛，住着一位老渔翁和他的妻子。一年秋天，一群天鹅路过岛上，老夫妇慷慨地拿出饲料和小鱼招待天鹅。天鹅们因为有了吃的就没有继续南飞。冬天到了，湖面封冻，老夫妇就敞开他们茅屋的门让它们在屋里取暖，并且给它们吃的，这种关怀一直延续到春天来临，湖面解冻。过了好几年，老夫妇离开了小岛，天鹅也从此消失了，不过它们不是飞向了南方，而是在第二年湖面封冻期间饿死了。

有时候正确认识自己的能力范围，也是对别人的一种帮助，甚至是救助。

日行一善

第 2 辑

他在一家公司做推销员兼货车司机。他牢记父亲说的话："我们祖上有一遗训，叫'日行一善'。在家乡时，父辈们之所以成就了那么大的家业，都得益于这四个字。"因为那四个字,他总是做一些力所能及的善事,比如帮店主把一封信带到另一个城市;让放学的孩子顺便搭一下他的车……1999年,他当上了首席执行官。再后来,他成了美国的商务部部长。他就是卡罗斯·古铁雷斯。

一个人的命运,并不一定取决于某一次大的行动,更多的时候,取决于他在日常生活中是否有一颗热情而善良的心。

第3辑　冠军是这样得到的

一群蛤蟆比赛看谁先到达一座高塔的顶端。周围有一群围观的蛤蟆大喊:"太难为它们了! 这些蛤蟆无法到达目的地!"蛤蟆们开始泄气了。一小部分蛤蟆在奋力摸索着向上爬去。围观的蛤蟆继续喊着:"你们不可能到达塔顶的!"其他的蛤蟆都被说服,停下来了,只有一只蛤蟆一如既往继续向前,终于到达了终点。其他的蛤蟆都很好奇,想知道为什么它就能够做到! 这时,大家才发现——它是一只聋蛤蟆!

如果有人说,你无法实现你的梦想,这个时候你不妨选择做个"聋子",因为自信才能成功。

第**4**辑

背面也许很精彩

牧师从杂志上剪下一页,然后撕成碎片,抛洒在地板上。"孩子,如果你能将它拼好,我就给你一美元。"牧师以为,小儿子要干好这件事,没有大半个上午肯定是不行的,自己可以清静几个小时了。不料还不到10分钟,便看见孩子手里拿着一幅拼好的世界地图。"爸爸,其实一点也不难!因为在另一面印的是一个人的照片。我首先将照片拼到一起,然后再把它翻过来,世界地图不就拼好了吗?"

一个有着积极的态度,能够及时把握机会,并且在遇到问题的时候会换一个角度去考虑问题的人,总是生活的强者。

第5辑

永远不说放弃

楚王狩猎。一只兔子从草丛中蹿出，楚王弯弓搭箭，忽然从他的左边跳出一只山羊，于是他把箭头对准了山羊。这时，右边又跳出一只梅花鹿。楚王又重新掉转箭头对准了梅花鹿。不料，从树梢飞出了一只珍贵的苍鹰。楚王最终选择了苍鹰，待要瞄准时，苍鹰已迅速在空中消失。待到楚王回过头来找其他的猎物时，早已无迹可寻。

要清楚地认识到，你的目标在哪里，并且始终为这一个目标而奋斗，你才可能最终达到目的。

第6辑

不回头看摔坏的瓦罐

古时候，有一个叫孟敏的人。一天，他扛瓦罐上市，一不小心，瓦罐落地粉碎，但他头也不回地向前走去。有位叫郭林宗的人看到了，跑上前去问孟敏，为什么不回头看看？孟敏说："从肩上掉下去肯定会摔得粉碎，我看它又有何用？我前面还有更重要的事要做。"郭林宗认为这是个拿得起放得下的人,劝他为学,果然 10 年后孟敏成为知名学士。

明智的人都懂得适时地放弃一些东西,保持自己乐观的心情,以迎接那些更重要的事情的到来。

第**7**辑

金丝雀的口哨声

一位牧师到欧洲旅行,听见一种极具穿透力的口哨声。服务员告诉他,吹口哨的是大堂里的金丝雀:"在这只鸟很小的时候,就要对它进行训练,每次训练前不给它进食,把它饿得有气无力,然后将它关在一个漆黑的密闭房间里,除了自己发出的哨声,鸟听不到任何其他的声音。这样才使得它不受外部世界的干扰,几天甚至十几天地重复吹唱同样的哨声。日复一日,它的发声器官逐渐发育成熟,变得适合吹出动听的口哨声。"

任何一种成功都是经过磨难和坎坷得来的,这中间没有捷径。

从少年到老年，
怎样度过一生。
要像那棵橡树，
春来生机勃勃，
满树溢彩流金。
　　　——[英]丁尼生

第1辑

冬天里的天鹅

天鹅湖中有一个小岛，住着一位老渔翁和他的妻子。

一年秋天，一群天鹅路过岛上，老夫妇慷慨地拿出饲料和小鱼招待天鹅。

天鹅们因为有了吃的就没有继续南飞。

冬天到了，湖面封冻，

老夫妇就敞开他们茅屋的门让它们在屋里取暖，

并且给它们吃的，这种关怀一直延续到春天来临，湖面解冻。

过了好几年，老夫妇离开了小岛，

天鹅也从此消失了，不过它们不是飞向了南方，

而是在第二年湖面封冻期间饿死了。

有时候正确认识自己的能力范围，

也是对别人的一种帮助，甚至是救助。

战 马 与 狗

在最关键的时刻，只有最重要的东西才能被留下。

主人拥有战马和狗。它们常常跟随主人东征西讨，成为主人的得力帮手。战马木讷呆板，傻乎乎的，看上去并不讨主人喜欢。主人骑上它后，总是用皮鞭打它的屁股，催它快跑。这让狗看起来觉得很好笑，它觉得战马太不努力、太偷懒了，总是等待主人打鞭子才肯卖力，这是对主人不尊重的表现。战马平时吃的是草，住的是简陋的棚子。这一切使狗感到主人对战马并不好。

相比之下，狗觉得主人很看重自己。主人从来不打自己，自己随主人住在温暖舒适的屋里，还常吃主人剩下的饭菜，其伙食水平仅次于主人。更令狗感到高兴的是主人常用手摩挲自己的皮毛，说明主人对自己很怜爱。狗很聪明，它很懂主人的心思，主人一个动作、一个眼神，它都能理解得很准确，所以，狗总是令主人称心如意。所以，狗和主人相处得很融洽，狗感到自己同主人的关系最为密切了。这使它产生了很强的优越感和自豪感，狗常对战马汪汪地叫，意思是说，你要好好干，多卖点力，否则我会教训你的。

狗对主人很忠诚。一次，主人在树林中睡觉，夜里有两只狼想偷袭主人。狗发觉后，勇敢地冲了上去，同狼咬在一起，主人听到了动静,马上起身用长矛赶走了狼。狗救了主人一命,狗常常以救过主人的命而感到骄傲。

一天,主人带着战马和狗去征战,遭遇惨败。于是,主人骑着战马,带着狗急匆匆地逃跑,后面跟着一大批追兵。此时,主人来到了一条江边,滔滔江水挡住了去路。正待主人着急之时,江中驶过来一条小船,主人拿出重金请船主带他过江,船主答应了,但他说,你只能带战马和狗中的一个,如果全上船,船难以承载。

狗心里想,主人肯定会带我上船的,因为我和主人的关系最好了,主人决不会带战马那傻瓜上船的。这道理不是明摆着的吗!

"我和战马上船,把这狗留在岸上吧。"主人对船主说。

什么?把我留在岸上,让战马上船?狗不相信这是真的。于是狗便问主人,这是为什么?

主人说:"战马和你相比,还是战马重要,它才能把我带出险境。在最关键的时刻,只有最重要的东西才能被留下,你懂了吗?"

❀ 牟丕志

🌀 情商小语 🌀

在日常生活中,很多人就像是那只小狗,总以为有"关系"就可以解决一切困难。他们咀嚼着亲戚、朋友给予的溺爱,幻想着无须奋斗的一直幸福下去。但是,就如同主人丢弃"不重要"的小狗,"关系"也不会无限度地关爱一个没有价值的人。

(尤守金)

钻在狼怀里取暖的猴子

狼稍有不从，便会遭到猴子的毒打——有只狼的耳朵都被揪裂了。

敢钻在狼怀里取暖的，是武汉野生森林动物园的两只猴子。

2000 年 9 月，武汉野生森林动物园从内蒙古购回一批草原狼，两只小狼一时无处可放，一名饲养员突发奇想，竟将狼崽关进了猴子的大笼子里。狼崽虽然很小，但它毕竟是狼，所以刚开始的时候，它们那尖牙利齿的样子，吓得猴子尖声叫着爬到笼子顶上躲起来。小狼崽长大一点了，可以冲着猴子耍抖狼气了，它们跳起来，却够不着躲在笼顶上的猴子。两只渐渐长大的狼，尽管总在跳，却一直无法用自己尖利的牙齿咬住猴子。

聪明的猴子发现了狼的这个弱点，就开始向狼发起进攻。它们一有机会，就猛地跳下来，对着狼身上咬两口，咬完就纵身一跳，跳到笼顶上躲起来。如此反复，见狼无计可施，猴子的胆子也就壮起来了。它们弄得两只狼觉不敢安心睡，食也不能安心吃，万般无奈，两只狼只好向猴子"俯首称臣"。

从此，游客给的食物，狼休想得到；猴子心情烦躁的时候，就拿狼出气；更有意思的是，到天冷了，猴子还要睡在狼的怀里取暖。狼稍有不从，便会遭到猴子的毒打——有只狼的耳朵都被揪裂了。

从猴子怕狼到狼怕猴子，这其中的"秘密"，只在于猴子发现了狼的弱点，并且避开了自己的弱点；狼改不掉自己的弱点，便只好在猴子面前变得跟小绵羊一样逆来顺受，以至于一开始怕它的猴子，竟然敢在天冷的时候钻到它怀里取暖。

许多人，最后之所以败在自己的对手面前，就是因为他们拿自己的弱点没有办法。

❋ 陈大超

🌿 情商小语 🌿

我们经常会被别人打败，难道我们真的比别人差？当然不是，上帝对每个人都是公平的。其实对自己不公平的是我们自己，因为很多时候我们是被自己不愿改正的弱点击败的。避开自己的弱势，发现别人的缺点，弱者就可能胜过强者。

(尤守金)

马 与 斑 马

不显眼是唯一有效的伪装。

从前,非洲的草原上有一群斑马,它们遇到了一匹在野外游荡的马。马想加入它们的队伍,斑马愉快地接纳了它。

马对身边的斑马说:"你们为什么都有黑白条纹?我从没看见过这样糟糕的伪装。别人在几英里以外就能发现你们。如果你们是我这样的暗棕色,在任何地方都能隐藏得很好。"

斑马说:"斑马天生就是这样,我们也没办法。可你怎么会变成野马?我还以为野马早已不存在了。"

马说:"不,我其实不是野马。我原来生活在农场里,可我为了争取自由就跑掉了。我绝对不会再回去。"

就在这时,斑马群遇到一群猎人。他们看到这匹棕马与这些黑白条纹的斑马一起奔跑。猎人展开一番追逐之后,马被捉住了,因为在那一大群斑马中它看起来比较珍稀。

斑马对它喊道:"我的朋友,如果你长着黑白条纹,就不会出这种事儿了!"

这个故事告诉我们,不显眼是唯一有效的伪装。

[英]迈尔斯·金顿

情商小语

　　一朵鲜花在一个花园中可能并不十分显眼，但是如果它点缀在岩石边，草坪上，你会觉得它特别的美。我们不要总以为自己是普通人，说不定换个群体我们也是那种引人注目的明星呢！但是，如果你想悄悄地别让人家认出来，那么你还是做个合群的小斑马吧。决定我们是不是另类的不是自己，而是我们的群体。　　　（尤守金）

乌 鸦 搬 家

> 如果你不改变你的声音，飞到哪儿都不会受欢迎的。

　　一只乌鸦打算飞往南方，途中遇到一只鸽子，一起停在树上休息。鸽子问乌鸦："你这么辛苦，要飞到哪去呢？为什么要离开这里呢？"乌鸦叹了口气，愤愤不平地说："其实我不想离开，可是这里的居民都不喜欢我的叫声，他们看到我就撵我，有些人还用石子打我，所以我想飞到别的地方去。"鸽子好心地说："别白费力气了。如果你不改变你的声音，飞到哪儿都不会受欢迎的。"

　　有些问题，不是换个地方就能解决的，它会跟随着你，直到你真正面对它，把它解决掉，只有这样，你才能从根本上解决问题，改变你目前的处境。

 袁冬霖

情商小语

　　每个人都会犯错误，有些同学经常会埋怨受别人影响，或者条件不好。但是遇到同样的事，他们还会继续犯错误。只有一些聪明的同学，他们会主动承担责任，在自己身上找原因，不断地努力学习，改正自己的缺点，再也不在同一个地方跌倒。

（尤守金）

一个穷画家

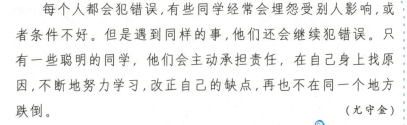

坚持错误的方向是导致失败最重要的原因。

　　有一个落魄潦倒的穷画家，一直坚持着自己的理想，除了画画之外，不愿从事其他的工作。

　　而他所画出来的作品，又一张也卖不出去，搞得三餐老是没有着落，幸好街角餐厅的老板心地很好，总是让他赊欠每天吃饭的餐费，穷画家也就天天到这家餐厅来用餐。

　　一天，穷画家在餐厅中吃饭，突然间灵感泉涌，不顾三七二十一，拿起桌上洁白的餐巾，用随身携带的画笔，蘸着餐桌上的酱油、番茄酱等各式调味料，当场作起画来。

　　餐厅的老板也不制止他，反倒趁着店内客人不多的时候，站在画家身后,专心地看着他画画。

过了好一会儿,画家终于完成了他的作品,他拿着餐巾左顾右盼,摇头晃脑地欣赏着自己的杰作,深觉这是有生以来画得最好的一幅作品。

餐厅老板这时开口道:"嘿!你可不可以把这幅作品给我?我打算把你所积欠的饭钱一笔勾销,就当做是买你这幅画的费用,你看这样好不好啊?"

穷画家感动莫名,惊异道:"什么?连你也看得出来我这幅画的价值?啊!看来,我真的是离成功不远了。"

餐厅老板连忙道:"不!请你不要误会。事情是这样子的,我有一个儿子,他也像你一样,成天只想要当一个画家。我之所以要买这幅画,是想把它挂起来,好时时刻刻警惕我的孩子,千万不要落到像你这样的下场。"

坚持到底是众所皆知的成功法则,但坚持错误的方向而且始终不愿修正,却是导致失败最重要的原因。

❀ 胡秀清

❀情商小语❀

一个没有选对发展方向的人,就好比一支没有找准靶心的箭,无论你怎么努力,也无法实现自己的理想。穷画家选择了一条不适合自己发展的道路,他再努力也没能成为一个出色的画家。成功者在做一件事情之前,首先会问自己:我这样做对吗,这是最佳选择吗?

（尤守金）

一秒钟

你的命运，很可能就在一秒钟里。

一秒钟实在太短了，我们常常忽略不计。可有时候，为一秒钟，你要奋斗十年。

我的邻居有一个儿子，从小就跑得特别快，读中学以后，每逢学校举行运动会，他都是 100 米冠军，师生们称他"飞人"，他自己也把名字改为"林如飞"。林如飞中学一毕业就被省田径队的教练看中了，每年叫他去集训一两次，有一次还让他代表省队参加比赛。比赛回来，林如飞一脸的光荣。

我问他："你到底跑得多快？"

林如飞说："100 米，10 秒多。"

我说："10 秒多是个什么概念呀？"

林如飞想一想说："这么说吧，如果我再跑快一秒钟，就能拿世界冠军。"

林如飞是个非常诚实的孩子，我相信他的话，并为有一个这么了不起的邻居而高兴。我把林如飞的话告诉别人，别人都说："再跑快一秒钟还不容易？林如飞以后肯定得世界冠军的。"

我问林如飞什么时候能拿世界冠军，他笑一笑说："快了。"

我等待林如飞的好消息，可是等了五年，什么好消息也没有。别说世界冠军,就连全国冠军也没见他拿过一个,依旧每年只是被省田径队叫去集训一两次,回到家就天天自己跑跑跑。

我又问林如飞:"你什么时候能拿世界冠军?"

他摇摇头说:"不知道。"

又过了五年,就不见省里叫林如飞去集训了,只见他天天在公路上跑。我忍不住又问他:"你还能拿世界冠军吗?"

林如飞反问我:"你不是取笑我吧?"

我说:"我怎么会取笑你呢?我是真心希望你得世界冠军。你当初说你能拿世界冠军的,我和许多人都相信你有这种能力。"

林如飞说:"那时候还幼稚,不知道拿世界冠军这么难。让你们见笑了。"

看来,林如飞确实是没有能力拿世界冠军了。他有先天的好素质,训练又那么刻苦,居然用了十年时间都无法加快一秒钟。

一秒钟,在钟表上只是"滴答"一下,可对于一个短跑运动员而言,却是难以翻越的万仞高峰。其实,在日常生活中,我们许多人就如同刚入行的短跑运动员一样,并不明了一秒钟的意义。然而,你的命运,很可能就在一秒钟里。

❋ 杨青草

💠 情商小语 💠

一秒钟看似短暂,一件事看似简单,但对于我们而言,很可能是一生也难以逾越的高度。做事情千万不要眼高手低,有些事情你没有经历过,就不会知道它到底会有多难。认真观察这个世界吧,不要因为盲目自信,让自己陷在那无法跨越的一秒。

(尤守金)

换一种方式也许离成功更近

只要我们能到达目的地，管他用什么方式呢。

他出生在美国新泽西州一个贫穷的外来移民家庭。

从小他是个腼腆内向的孩子，和他一样大的孩子都不喜欢和他在一起，因为他什么也不会。

每次考试，他都和倒数挂上名。老师不想让他回答问题，因为他总是羞涩地说不知道。大家认为他是笨蛋，是个白痴。伙伴们嘲笑他，说他永远和失败在一起，是失败的难兄难弟。邻居们说，这个孩子将来注定一事无成。父母听到这样的话，暗暗为他担心。

他努力过，可是收效甚微，自己在学业方面取得的进步几乎为零。但是，他还是在不断加班加点苦读。

每天，他醒来后都害怕上学，害怕被嘲笑。周末，他坐在自家的门前，看着草地上喜笑颜开的男孩们，感到自己的未来一片渺茫。

时间在一天天地流逝，而学校也在考虑劝其退学。

一次，他看到一个老人为了一张被老鼠咬坏的一美元钞票而痛哭不已。为了不让老人伤心，他悄悄回家将自己平时积攒的硬币换成一张一美元的钞票，交给了老人，说，这是他用魔法变回来的。老人激动不已,说他是个善良聪明的孩子。

父亲知道这件事后,认为自己的孩子还不是个笨到家的人。接下来的这天,是他永远不会忘记的。

父亲要带他出门,目的地是波士顿。他说,我们坐汽车可以到达。父亲说,那我们坐汽车吧。可是,在中途的一个小站,父亲下车买东西忘记了汽车出发的时间。就这样,汽车在他的喊叫声中呼啸而去。他很害怕,心想这下怎么办,没有汽车,父亲怎么能到波士顿呢?波士顿汽车站到了,他下车时却看到父亲正在不远处等着他。他快速跑了过去,扑进父亲的怀抱,诉说一路的忐忑不安,害怕父亲到不了波士顿,并惊讶父亲是如何到达的。

父亲说,我是骑马来的。

是这样的!他惊讶不已。父亲说,只要我们能到达目的地,管他用什么方式呢。孩子,就像你学业不成功,并不代表你在其他方面不能成功,换一种方式吧! 此时,他猛然醒悟。

随后,他看到很多人为了自己的理想不能实现而痛苦不已,就想假如自己用魔法帮助他们实现,即使是假的,但起码从精神上减轻了他们的痛苦。

从此,他对魔术表现出浓厚的兴趣,并跟随一些魔术师学习魔术。

他克服心中的怯懦,为自己的梦想开始奋斗。他为了实现自己的梦想而进行的努力受到了父母的鼓励。

教他魔术的老师发现他在这方面具有很高的悟性,学东西很快,而且每次在原有的基础上都能创新。很快,老师的技巧便被他学光了,他不得不换老师。就这样,短短的两年时间里,他换了四个魔术老师。

他就是大名鼎鼎的魔术师大卫·科波菲尔,一个匪夷所思的成功人士。

有人问他是怎么成功的，大卫·科波菲尔说，父亲告诉我，成功对于我们来说好比是个固定的车站，我们在为怎么到达而绞尽脑汁，大家都在争夺汽车上的座位，没有得到座位的人不得不等下一班汽车。可是，为什么我们不能骑马或者乘轮船去车站呢？这样，我们不是也到达了吗？只不过我们换了一种方式。

最后，大卫·科波菲尔又说，后来我知道，这一切是父亲安排好的，其实那个小站离波士顿很近，骑马竟然比坐汽车还快，所以父亲到得比我早。

道理浅显易懂，可是真正理解它，并付诸行动的人却很少。

❋ 梁　勇

情商小语

我们有很多条到达成功的路，譬如说读书、画画、练琴，但是很多时候我们都会受到别人的影响，选择大家都爱走的道路。但别人爱走的路，不一定适合我们，我们有很多天分、特长很可能就会在别人的道路上渐渐消失。虽然到达罗马的道路有很多条，但最合适的路却是我们自己走出来的。　　（尤守金）

个性是你真正有价值的地方

一个天才因模仿另一个天才而成了庸才。

　　他是一位天才的书法家,9 岁时参加日本青少年书法展,就在东京掀起一股旋风。四幅作品,全部被私人收藏,总价值1400 万日元。当时,日本最著名的书法家小田村夫曾这么预言,在日本未来的书坛上,必将会升起一颗璀璨的新星。

　　二十年过去了。一些籍籍无名的人脱颖而出,而他却销声匿迹了。是谁断送了这位天才的前程?2002 年九州岛樱花节,小田村夫专门拜访这位小时候名震四岛的天才,在看了那位天才书法家的作品之后,仰天长叹,说了这么一句话:"右军啊! 你毁了多少神童。"

　　右军是谁? 右军是王羲之,一千六百年前的中国大书法家。小田村夫为什么说是这位书法大家毁了他们的神童呢?原来这位小神童临摹王羲之的书帖成瘾,经过二十年的苦练,把自己的书法个性磨得一点都没有了。现在他的字与王羲之的比较起来,几乎能够达到乱真的程度,可是自己的东西呢,一丝都找不到。在鉴赏家眼里,他的书法已不再是艺术,而是令人厌恶的仿制品。

　　一个天才因模仿另一个天才而成了庸才,这不是书法世界里独有的现象,它存在于人类社会的各个行业。现在政治、经济、文化乃至江湖领域，大师级的人物之所以寥若晨星，我想绝不是因为在这些领域中天生的庸才太多，而是有太多的天才因模仿成了庸才。

千万不要丢失自己的个性，那是一个人唯一真正有价值的地方。纵观古今，凡是成就了一番事业的人，都是坚持自己的个性和特色，敢于从流俗和惯例中出列的人。

❋ 刘燕敏

情商小语

我们喜欢小草，是因为它是绿色的；我们热爱鲜花，是因为它是鲜艳的。有了绿色的草，鲜艳的花，大地才显得生机勃勃。但是，如果小草、鲜花因为担心自己与别人的不同去改变自己的个性，那么我们的眼里就只有沙漠了。每个人都是一朵有特色的花，有了这些特色，世界才会变得鲜艳。

(尤守金)

冬天里的天鹅

天鹅消失了，不是飞向了南方，而是在湖面封冻期间饿死了。

天鹅湖中有一个小岛，岛上住着一位老渔翁和他的妻子。

平时,渔翁摇船捕鱼,妻子则养鸡喂鸭。

一年秋天,一群天鹅来到岛上,它们是从遥远的北方飞来,准备去南方过冬的。老夫妇见到这群天外来客,非常高兴,因为他们在这儿住了那么多年,还没见谁来拜访过。

渔翁夫妇拿出饲料和小鱼招待天鹅,于是这群天鹅就跟这对夫妇熟悉起来。在岛上,它们不仅大摇大摆地走来走去,老渔翁捕鱼时,它们还随船而行,嬉戏左右。

冬天来了,这群天鹅竟然没有继续南飞,它们白天在湖上觅食,晚上在小岛上栖息。湖面封冻,它们无法获得食物,老夫妇就敞开他们茅屋的门让它们在屋里取暖,并且给它们吃的,这种关怀一直延续到春天来临,湖面解冻。

日复一日,年复一年。每年冬天,这对老夫妇都这样奉献着爱心。有一年,他们老了,离开了小岛,天鹅也从此消失了,不过它们不是飞向了南方,而是在第二年湖面封冻期间饿死了。

有时候正确的认识自己的能力范围,也是对别人的一种帮助,甚至是救助。

✿ 可 可

✿ 情商小语 ✿

我们总以为助人为乐就是一件特别好的事情,因此,很多时候当别人求助时,我们都会不假思索地答应。你或许出于好心,但是,你能真正给他带来有益的帮助吗?给别人鱼,不如教别人怎样去捕鱼。如果你不会教他怎样捕鱼,那么还是别帮助的好,说不定你会耽搁他捕到自己的鱼。

(尤守金)

不画别人的风景

无论别人的风景有多诱惑，坚决不去画别人的风景。

　　我早年在童话里所写的那只十分幼稚的小兔子，看见刺猬浑身带刺，还以为它有多酷呢，就忍不住去模仿，在自己的身上扎下了很多很多的牙签。疼得它呀！可是，它却忍着，为了让自己变得越来越酷，像刺猬一样酷，甚至比刺猬还酷，它坚强地忍着。为了不让别的小兔子知道它变酷的秘密，它还偷偷地把主人的牙签全都独占了，兢兢业业地一根一根地往自己的身上扎，扎，扎……扎来扎去，皮肤就发炎了，溃烂了，最终无药可救，死掉了。这就是"临摹"的后果！

　　从小就清醒地认识自己，也认识世界，无论别人的风景有多诱惑，就是坚决不去画别人的风景，美好的境界自然就成了。

　　　　　　　　　　　　　　　　　　❋ 谭延桐

❀ 情商小语 ❀

　　不是谁都可以做刺猬的，就像刺猬也不能做兔子一样。每个人天生就有自己的特性，这是我们和别人不同的原因。正确地认识自己，努力地做好自己，让自己也成为一道独特的风景线吧。(尤守金)

日 行 一 善

他在一家公司做推销员兼货车司机。

他牢记父亲说的话："我们祖上有一遗训，叫'日行一善'。

在家乡时，父辈们之所以成就了那么大的家业，

都得益于这四个字。"因为那四个字，

他总是做一些力所能及的善事，

比如帮店主把一封信带到另一个城市，

让放学的孩子顺便搭一下他的车……

1999 年，他当上了首席执行官。

再后来，他成了美国的商务部部长。

他就是卡罗斯·古铁雷斯。

一个人的命运，

并不一定取决于某一次大的行动，更多的时候，

取决于他在日常生活中是否有一颗热情而善良的心。

成功只是多说一句话

每当有顾客经过时，阿琳总是善意地提醒一句：请小心前面的台阶。

大专毕业的阿琳因为一时找不到工作，只好进了一家百货公司做营业员。尽管别人都认为她做营业员太可惜，但她却很珍惜这份工作。阿琳热情周到的服务很快便得到了顾客和领导的好评。

阿琳所在的柜组前面有道不起眼的台阶，每当有顾客经过时，阿琳总是善意地提醒一句：请小心前面的台阶。

同事都笑她多此一举，阿琳也从不为此争辩，总是一笑置之。

一天，公司老总巡视时正巧经过那道台阶，阿琳还是像以前一样习惯性地提醒：请小心前面的台阶。老总一愣，但很快便明白了是怎么回事，他没有说什么，只是看着阿琳，脸上流露出一种赞赏的笑容。很快阿琳便被提升为柜组组长，一年后，她成了副总经理。

一个人的成功，有时只是比别人多说一句话而已。

❋ 王晓红

情商小语

热情友善不仅是一种良好的品德，还是一种积极向上的人生态度。无论我们身在何处，做着多么微不足道的事，只要你怀着热情的态度，就能感化身边的人，赢得大家的尊重和赏识，而机会往往就在你热情友善地工作时悄然降临。勿以恶小而为之，勿以善小而不为。

（尤守金）

生　　路

当你放别人一条生路时，受益者也包括你自己。

寒冷的北极也有温暖如春的季节。每年的七八月份，北极地区的冰雪开始大规模融化，气温逐渐回升，出现短暂的绿草如茵的景象。但随着气温的升高，大量的蚊虫也会肆虐丛生。

许多初到这个地方的游客都会注意到这样一个现象，当地的印第安人对这些嗡嗡乱叫的蚊虫十分仁慈，从不轻易地伤害它们。即使他们被叮咬，也只是涂些药水了事。一次，一个游客从背包里掏出一瓶杀虫剂，还没有喷洒，便被一个印第安老人制止住了。老人说，虽然这些虫子很烦人，但你却不知道，它们以后还要帮我们一个大忙呢。

原来，驯鹿是当地人过冬的主要肉质动物来源。可天气暖和的时候，大批的驯鹿便会自发成群结队地向低纬度地区迁移，因为那里有大量的水草。如果没有人赶，它们是不愿意在严寒到来之前准时回来的，并且靠人力驱赶的作用也是微乎其微的。这时，平日里特别烦人的蚊虫的巨大威力便显现出来了，因为天气一冷，这些蚊虫便飞到暖和的低纬度地区逃命，自然就会与驯鹿不期而遇。吸食血液的蚊虫是驯鹿无法抵御的天敌。抵御不了蚊虫的进攻，又无处躲藏，并且前边的气候还不适宜生存，于是驯鹿就只能往回跑，这一跑就钻进了人们事先已经设好的包围圈里。聪明的印第安人正是掌握住了自然界物物相扣的规律，才能在忍受一时痛苦中获得食物和生存保障。眼前的得失不要时时挂在心上，长远的考虑才是智者的生存之道。也许，当你放别人一条生路时，受益者也包括你自己。

✿ 李　均

🌀情商小语🌀

做任何事情时都要有一颗宽容善良的心，不要因为朋友犯了一件小错误，而和他分离、疏远。人要考虑的是一辈子的事情，不要被眼前的小事耽误了。也许曾经为你带来伤害的人，会为了弥补错误而帮助你。当你为他人打开一扇门的同时，你也在不经意间打开了自己的门。

(尤守金)

心疼别人

搬开别人脚下的绊脚石，有时恰恰就是为自己铺路。

有一天深夜，轮到乘警值班。巡逻时，乘警发现一个小偷正将手伸进一位熟睡乘客的口袋，乘警大喊一声，立即追了过去，小偷向餐车方向逃跑。乘警知道，火车正在飞奔，小偷是不敢跳车的，除非他是疯子。乘警渐渐放慢了脚步，开始用对讲机和餐车那头的乘警联络。可正在这时，火车突然停了。只见小偷迅速地跃上一个敞开的窗口。当时乘警心想，完了，这家伙要逃掉了。就在他准备跳下去的时候，听到一个孩子——一个蓬头垢面在餐车里捡酒瓶的男孩子的尖叫声。回头一看，孩子头上鲜血直流，是急刹车时一头撞在了车厢上。

小偷犹豫了一下，从窗口上跳了下来，一把抱起小男孩奔往医务室。

小偷被乘警抓到了，可乘警说这个小偷真是太幸运了。乘客们不解地问：为什么？乘警的回答使乘客们浑身一颤：因为火车当时所在的地方，两边是万丈深渊。

在人生漫漫长河中，肯定会遇到许许多多的困难，我们所见到的某人现在的遭遇，极有可能是你以后某个遭遇的一次提前彩排。但我们是不是都知道，在前进的路上，搬开别人脚下的绊脚石，有时恰恰就是为自己铺路；心疼别人，有时就是心疼我们自己。

❋ 简　单

❧ 情商小语 ❧

冬天寒冷的夜晚，当有人给衣着单薄的我们披上一件棉袄的时候，你还会感觉冷吗？这个世界之所以温暖，是因为我们互相关心。心疼他人，或许是我们的亲人，或许是我们的朋友，或许是素不相识的人。你给予别人温暖的同时，自己内心也会感觉到温暖，你的善良也会换来别人温暖的回报。

（尤守金）

迷路的飞虫

> 小飞虫不是存心让叔叔痛的，它一定是在叔叔的耳朵里迷路了。

刚放暑假的第二天，我陪朋友一家三口去爬梅岭。爬到半山腰的时候，一只飞虫钻进了我左边的耳朵里，弄得整个耳道奇痒无比且钻心地痛。

　　我的钥匙串上正好挂着一根银质掏耳小勺，我决定用它"深入虎穴"，立即置"闯祸者"于死地。就在我小心翼翼地把小掏耳勺伸入耳孔的当口，朋友却拦住了我，说："你这样做是把飞虫往耳朵深处逼，它拼命地往里面逃命，一旦钻透你那薄薄的耳膜，那就麻烦了。"

　　朋友的话似乎有道理。可我该怎么办？朋友的爱人是医生。她建议说："你可以把头搁在桌子上，往左耳道里倒进去一两滴食油，这样就可以把飞虫粘住，或者把飞虫憋死。等耳朵里没有动静了，再用少量温水冲洗耳朵，最后要用棉签吸干耳道里残余的水，这样既安全又卫生。"

　　可朋友读小班的女儿琳达不高兴了，她对她妈妈说："小飞虫不是存心让叔叔痛的，它一定是在叔叔的耳朵里迷路了。"一会儿，小姑娘又扭头对我说："叔叔，我有办法了！"

　　说着，她让我把头低下来，右耳朵贴在石桌上，她自己则站到了石凳上，用她的小电筒对着我的左耳朵笔直地照。我一时找不到食油、棉签和温开水，也就听任小姑娘摆布。

　　可是很快，我的耳朵真就不痛了。琳达和他的父母惊喜地看到一只小飞虫从我的耳孔里飞出，飞到了手电筒的亮光里。

　　对待一只在黑暗中迷路而不小心触犯你的飞虫，其实人们不必太心急，更不必只想着惩罚和消灭它，只要设法给它一个光明的方向，给它一个投奔光明的机会就好了——我想，对待每一个有缺点错误的人都应如此吧。

❀ 钟丽红

情商小语

　　犯错总是难以避免的,不管是谁。在作业本上,橡皮可以擦掉错误;在人生中宽容可以使错误止步,不再继续。所以,对待别人的错误,要宽容。因为错误已经过去了,指责别人也不会让错误得到弥补,很多时候只会让事情变得更糟。多多宽容一下别人,到我们自己一不小心犯错的时候,可能也会得到他人的宽容和谅解的。经常宽容,我们才会拥有大海般宽广的胸襟。

（尤守金）

林肯的家教

> 要学会宽容别人,这样才能使自己的路越走越宽广。

　　有一句美国谚语是"林肯的真诚与宽容。"在这位伟人的身上体现出的这种美德,与他继母的教育是分不开的。

　　由于家境的困难,林肯12岁的时候不得不中止学业,去做了一个伐木工人。那个时候伐木工人的工资很低,伐一立方米的木材只有1.2美元的报酬。当时伐木全是手工劳作,所以工作效率也很低,一个人要干两天才能伐到一立方米。伐倒了木材,工人们就在木头的尾部用墨水写上自己名字的第一个字母,表示这根木头是自己所伐的,然后再去向老板要钱。林肯的全名是亚伯拉罕·林肯,所以他就在自己伐倒的木材上写上一个"A"字。但是有一天他发现自己辛苦砍伐的10多根木头被人写上了"H",这显然是别人盗用了林肯的劳动成果。

林肯生气极了,回家对继母说:"一定是那个叫亨得尔的家伙干的,我到他们家找他论理去。"

继母看着林肯说:"孩子,你先别着急,听我给你讲个故事吧。"

"故事,和这件事有关吗?"林肯奇怪地说。

"是的。听完了你就明白了。"于是继母黛丝平静地讲了起来:

"从前有一片大森林,那里有一个善良的人,名叫斑卜,他以打猎为生,经常在密林中安装捕兽套子。由于他安装的地方是野兽们经常出没的路线,所以几乎每天都有收获。有一天他又去收套子,却发现套子上只有动物脱落的毛,动物已经被别人取走了,斑卜很生气,但又不知是谁干的,他想留个条子,可是不会写字。于是他就在纸上画了一张很生气的脸,放在套子上。第二天他又去收套子,发现套子上有一片大树叶,树叶上画着一个圈,圈子里有房子,房子旁边还有一只狂吠的狗。斑卜不知道是什么意思,他想:为什么别人拿走了我的动物还要画图呢。他觉得应该和这个人见面说理,于是他就画了一个正午的太阳,还有两个人站在捕兽套边。第三天中午他又来到了这里,看到有一个浑身插满了野鸡毛的印第安人在那里等他。他们彼此语言不通只能通过打手势来对话,印第安人用手势告诉斑卜这里是我们的地盘,你不可以在这里装套子。斑卜也打手势说:这是我装的套子,你不能拿走我的果实。两个人的模样都很古怪,相互看得直乐,斑卜想,与其多个敌人，还不如多一个朋友，于是他就大方地将捕兽套送给那个印第安人了。

这样大家就相安无事了，后来有一天斑卜打猎时遇到了狼群，被迫跳下了悬崖，等到他醒来的时候，他发现自己正躺在印第安人的帐篷里，伤口上还有印第安人给他上的药。此后他就成了印第安人的好朋友，和他们生活在一起，共同打猎。"

黛丝讲完了故事，微笑着看着林肯说："你说斑卜做得对吗？"

"他做得很好，这样就少了敌人，多了朋友了。"

"那么你宁愿要朋友还是要敌人呢？"

"当然是朋友了。"林肯毫不犹豫地说。

"对呀，孩子，你要学会宽容别人，这样才能使自己的人生道路越走越宽广。要不然，你在社会上就会到处树敌，很难成功的。"

"我知道了，妈妈。"林肯很懂事地点点头。

✳ 易　名

💧 情商小语 💧

对于他人的过失，很多人都会很在意。就像平时都会去计较——我们在别人的过错中损失了什么。其实计较已经没有什么意义，只能够使得对方恼怒，徒增彼此的烦恼。我们要学会和对方好好沟通，并以大度的胸怀宽容对方，那样我们可能就多了一个朋友，多了一些温暖。

（尤守金）

种花的邮差

种子和花香对村庄里的人来说，比邮差一辈子送达的任何一封邮件，更令他们开心。

　　有个小村庄里有位中年邮差，他从刚满 20 岁起便开始每天往返 50 公里的路程，日复一日将忧欢悲喜的故事，送到居民的家中。就这样 20 年一晃而过，人与事物几番变迁，唯独从邮局到村庄的这条道路，从过去到现在，始终没有一枝半叶，触目所及，唯有飞扬的尘土罢了。

　　"这样荒凉的路还要走多久呢？"

　　他一想到必须在这无花无树充满尘土的路上，踩着脚踏车度过他的人生时，心中总是有些遗憾。

　　有一天当他送完信，心事重重准备回去时，刚好经过了一家花店。"对了，就是这个！"他走进花店，买了一把野花的种子，并且从第二天开始，带着这些种子撒在往来的路上。就这样，经过一天，两天，一个月，两个月……他始终坚持撒播着野花种子。

　　没多久，那条已经来回走了 20 年的荒凉道路，竟开出了许多红、黄各色的小花。夏天开夏天的花，秋天开秋天的花，四季盛开，永不停歇。

种子和花香对村庄里的人来说，比邮差一辈子送达的任何一封邮件，更令他们开心。

在不是充满尘土而是充满花瓣的道路上吹着口哨，踩着脚踏车的邮差，不再是孤独的邮差，也不再是愁苦的邮差了。

情商小语

当外界没有给予自己想要的东西的时候，我们就可以试着给予世界给予他人一些美好的事物。就像自己手中的玩具，难道不是和大家一起玩才会更开心吗？这样，不但别人会从中受益，得到快乐，而且自己也能够从中获得想要的美好。 （李 俊）

无 价 之 宝

> 无私的品质是一种无价之宝，它使人的心灵显得高贵而又圣洁。

有一年德国闹饥荒，有个富人把 20 个穷孩子请到了自己的家里，对他们说："这只篮子里的面包你们每人一块，拿吧。以后每天这个时候都到这里来拿，一直到灾难结束为止。"

孩子们抓住这只篮子，你争我夺，大家都想挑最好最大的面包,可是抢到手以后,也没说一声谢谢就走了。

　　唯有衣着整洁的穷女孩费朗西丝,她不好意思地站在一边,等到别人拣完了,才过去拿了剩在篮子里的最小的一块面包,谢了谢主人,然后悄然地回家去了。

　　第二天,孩子们故伎重施,还是那副饿狼扑食的样子,可怜的费朗西丝这次拿到的面包还没有别人的一半大。但是,等她回到家里,母亲切开面包的时候,里面却掉出许多白花花的新银币。

　　她的母亲心里很纳闷:"马上把钱拿回去,因为这钱肯定是错放到面包里去的。"

　　费朗西丝将钱送了回去。但是富人说:"不,我没有弄错。我是故意把钱放进最小的面包里去的,目的是想奖赏给你,我的孩子。记住,宁可拿最小的而不去抢最大的面包的人,将来一定会得到比放在面包里的银币更好的赐福。"

　　无私的品质是一种无价之宝,它使人的心灵显得高贵而又圣洁。平素别人比我们自己更加关注这种高尚的行为和崇高的德行,心地无私的人,必将得到别人的厚爱而富足一生。

❋ 崔鹤同

❀情商小语❀

　　"孔融让梨"这个故事谁都听过,7岁的孔融无私地把大个的梨让给哥哥和父母吃,自己拿最小的,于是受到世人的赞叹,可见无私是多么宝贵的品质。没有谁会喜欢"小气鬼"的,所以我们面对"梨"的时候要学会无私和谦让。

(李　俊)

窗边的小天使

"今年翠丝的手上没有冻疮。"

初春某个假日的下午，我在储物间整理一家人的冬衣。9岁的女儿安娜饶有兴致地伏在不远的窗台上向外张望，不时地告诉我院子里又有什么花开了。

这时，我无意中在安娜羊绒大衣两侧的口袋里各发现一副手套，两副一模一样。

我有些不解地问："安娜，这个手套要两副叠起来用才够保暖吗？"安娜扭过头来看了看手套，明媚的阳光落在她微笑的小脸蛋上，异常生动。

"不是的，妈妈，它暖和极了。""那为什么要两双呢？"我更加好奇了。她抿了抿小嘴，然后认真地说："其实是这样的，我的同桌翠丝买不起手套，可是她宁愿长冻疮，也不愿意去救助站领那种难看的土布大手套。平时她就敏感极了，从来不接受同学无缘无故赠送的礼物。妈妈买给我的手套又暖和又漂亮，要是翠丝也有一双就不会长冻疮了。所以，我就再买了一模一样的一副放在身边。如果装作因为糊涂而多带了一副手套，翠丝就能够欣然戴我的手套。"孩子清澈的双眸像阳光下粼粼的湖水，"今年翠丝的手上没有冻疮。"

我欣慰地走到窗边拥抱我的小天使,草地上一丛丛兰花安静地盛开着,又香,又暖。

❋ [美]朱易丝·安瑞森　王流丽/译

🌀 情商小语 🌀

人们共同生活在这个世界上,有很多人都得不到他们想要的温暖,哪怕是我们平常觉得触手可及的幸福。我们不该袖手旁观,更不应该嘲弄他们。我们至少可以去关心身边的人,去爱身边的人,这是我们力所能及的。

(李　俊)

聪明与善良

做个聪明人很容易,但做个善良的人很难。

祖父母在科图拉有个农场。小时候,每年夏天我都去那儿过暑假。"华利贝姆大篷车俱乐部"经常组织车队在美国和加拿大各地开车旅行。祖父母也是俱乐部成员。每隔几年,他们便会开上自家那辆老爷车,车后拖着几十英尺长的大篷车,参加旅行车队。就是在这样一次旅途中,祖父说了一句令我永生难忘的话。

我当时不大,也就 10 岁左右。但对周围的世界,我已经开始有了自己的观点,自以为就无所不知了,并和现在一样,还迷恋跟数字有关的东西。

　　经历过长途旅行的人都知道,你总有多余的时间来胡思乱想。那天也不例外,我算出了老爷车每英里的耗油量,算出了各种零食的平均价格……还有什么可算的吗? 我曾看过一个反对吸烟的电视节目。主持人说每抽一口烟,就相当于缩短了两分钟的生命。祖母是烟民,我决定算算她的寿命。

　　我已经不记得具体数字了:一口 =2 分钟,一支香烟 =20口, 一包烟 =20 支。祖母有 30 多年烟龄, 按每天 1 包计算——她的寿命缩短了 16 年还多。我反复核对了结果,开始为自己的聪明才智沾沾自喜。

　　我把头探到前排, 拍了拍祖母的肩膀:"您的寿命因为抽烟而减少了 16 年!"我得意地向她展示我的论据和推算过程,完全没有顾及她的感受。突然,我看到眼泪从祖母脸上无声地落下。这不是我期待的反应,她没说"你真聪明!"或者"你的算术真棒!"

　　在祖母无法抑制的泪水中,我好像一脚踩中了地雷,这才发现自大无知的我对他人造成了多大的伤害。我不知所措地缩回到后排座位,尴尬得说不出话来。一直默默开车的祖父,小心地把车停在公路边,跳下车,示意我也下车。我惹了大祸!我会受多重的惩罚? 这之前, 祖父一句严厉的话也没对我说过。但这次不比从前,我惊慌失措地下了车。

　　我们往后走了几步,在老爷车和大篷车的连接处站定。我等着受处罚,而祖父则看着我。

　　我们都没说话,只听到大篷车队隆隆驶过的声音。然后一只大手温柔地放在我肩上,祖父说:"有朝一日你会明白,做个聪明人很容易，但做个善良的人很难。"

这句箴言和祖父温和的态度，给我上了宝贵的一课。以前，我一直佩服祖父敏捷的思维和惊人的记忆力。从那天以后，我才开始注意到他的善良。他把聪明当成上天赐予的财富，成为一个聪明人只是运气好，没什么可骄傲的。但不是每个人都懂得以善良的方式来使用这笔财富。能成为一个善良的人，才真正值得我们自豪。从那天起，我一直在努力做个善良的人。

❋ ［美］杰夫·贝佐斯　王　悦/译

情商小语

凶猛的老虎，绝对是森林里的大王，但是所有的小动物都躲着它，这是为什么呢？因为，做一个优秀的人可以获得别人的赞赏和艳羡的目光，但是不一定能够得到别人的喜爱。只有做一个善良的人，才能够得到大家的欢迎。

(李　俊)

日 行 一 善

一个人的命运,更多的时候,取决于他在日常生活中的一些小小的善举。

他父亲是位大庄园主。

7 岁之前,他过着非常富足的生活。20 世纪 60 年代,他所生活的那个岛国,突然掀起一场革命,他失去了一切。

当家人带着他到美国的迈阿密时,全家所有的家当,是他父亲口袋里的一沓已被宣布废止流通的纸币。

为了能在异国他乡生存下来,从 15 岁起,他就跟随父亲打工。每次出门前,父亲都这样告诫他:只要有人答应教你英语,并给一顿饭吃,你就留在那儿给人家干活。

他的第一份工作是在海边小饭馆里做服务生。由于他勤快、好学,很快得到老板的赏识。为了能让他学好英语,老板甚至把他带到家里,让他和他的孩子们一起玩耍。

一天,老板告诉他,给饭店供货的食品公司将招收营销人员,假若乐意的话,他愿意帮助引荐。于是,他获得了第二份工作,在一家食品公司做推销员兼货车司机。

临去上班时,父亲告诉他:"我们祖上有一遗训,叫'日行一善'。在家乡时,父辈们之所以成就了那么大的家业,都得益

036

于这四个字。现在你到外面去闯荡了，最好能记着。"

也许就是因为那四个字吧！当他开着货车把燕麦片送到大街小巷的夫妻店时，他总是做一些力所能及的善事，比如帮店主把一封信带到另一个城市；让放学的孩子顺便搭一下他的车。就这样，他乐呵呵地干了 4 年。

第 5 年，他接到总部的一份通知，要他去墨西哥，统管拉丁美洲的营销业务，理由据说是这样的：该职员在过去的 4 年中，个人的推销量占佛罗里达州总销售量的 40%，应予重用。

后来的事，似乎有点顺理成章了。他打开拉丁美洲的市场后，又被派到加拿大和亚太地区；1999 年，被调回了美国总部，任首席执行官。

就在他被美国猎头公司列入可口可乐、高露洁等世界性大公司首席执行官的候选人时，美国总统布什在竞选连任成功后宣布，提名卡罗斯•古铁雷斯出任下一届政府的商务部部长。这正是他的名字。

现在，卡罗斯•古铁雷斯这个名字已成为"美国梦"的代名词，然而，世人很少知道古铁雷斯成功背后的故事。前不久，《华盛顿邮报》的一位记者去采访古铁雷斯，就个人命运让他谈点看法。古铁雷斯说了这么一句话：一个人的命运，并不一定取决于某一次大的行动，我认为，更多的时候，取决于他在日常生活中的一些小小的善举。

后来，《华盛顿邮报》以"凡真心助人者，最后没有不帮到自己的"为题，对古铁雷斯作了一次长篇报道，在这篇报道中，记者说，古铁雷斯发现了改变自己命运的简单的武器，那就是"日行一善"。

❋ 刘燕敏

做好事很容易,但是做一辈子好事很难。"日行一善"其实不是那么容易做到。经常做好事,既让别人得到帮助,也让自己得到快乐。

（李 俊）

感恩经营

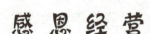

那颗感恩的心使他的生意得到更大的回馈。

在我常去图书馆的一条路上,看到一家花店,每天早上8时,花店门一开,便挤满了前来买花的人。有好几次,我总想近前看个明白——这家花店为何生意如此红火?后来从买花人口中得知,开花店的是一位年轻的小伙子,他每天逢8时开花店门,第一笔生意都是照本钱卖给顾客。

有一天,我想为妻子即将到来的生日买一束郁金香。我也赶早上8时挤进了这家花店。

我果然买到一束我想要的黄色郁金香,昨天午后他开价80元,今天以开门第一笔生意的价钱只花了45元钱买到了。我对小伙子这种独特的经营方式很感兴趣。

一个夕阳西下的傍晚,我见小伙子忙完了一笔生意,正悠闲地修花剪叶,连忙近前和他点头致意。而后,我问他:"为什么会有开市第一笔生意照本钱卖的想法呢?"

他微微一笑说:"最重要的还是感恩吧!记得我刚在这条路上开花店时,我的父亲急需钱动手术,每进花店一个人我总跟人说出我赚的钱只是为父亲看病,人们听后都很爽快且十分信任地和我做生意,后来我父亲用我开花店赚的钱动了手术,身体日益康复,于是我就想,鲜花不能吃不能穿,只是人们用来传递美好感情的媒介,鲜花又不是人们生活的必需品,我思前想后就定下了这个规定,每天以此形式答谢顾客。"

噢,原来如此。他恐怕做梦也没想到,正是那颗感恩的心使他的生意得到更大的回馈。

后来,因这条路上的门市拆迁,小伙子搬到别处去了,可人们还会经常想起他来,我敢肯定人们所挂念的不是小伙子的鲜花,而是他的那一颗感恩经营的心。

✽ 胥加山

❁ 情商小语 ❁

太阳给了我们温暖,花朵给了我们芳香,我们能够回报给它们什么呢?在这个世界上很多事情是我们自己做不了的,要靠别人的帮助才能够实现的;我们要学会感恩。在这个世界很多人的帮助是我们回报不了的,我们只能够凭借自己的一声"谢谢"和内心的感恩来回报他们。

(李 俊)

慷慨的吝啬

要么不送，要送，就把自己认为最好、最喜欢、最舍不得的东西送给别人。

我一直以为自己是一个慷慨的人。因为我很喜欢送东西给别人，比如我不喜欢的衣服、玩具和饰物。

我以为接收过我的小礼物的人，一定喜欢并感谢我。但是，父亲却不这样认为。在他看来，这表面上看是慷慨，其实是吝啬。对此，我并不以为然。

有一天，父亲带我去拜访他的上司。告辞时，他的上司送给我们一箱苹果。

回到家，我和父亲把箱子打开，发现里面是一些皱皱巴巴、比鹅蛋大一圈的小苹果。我忍不住大叫："什么破玩意儿？还没有咱家的好！扔了都没人要！"

父亲指指地上的苹果，说："这些苹果至少告诉我们两个信息：第一，这是别人送的，如果是自己买的就不会放这么久。第二，这是他们吃不了挑剩的，扔了又觉得可惜，就顺便送给我们。"我看也不看那些苹果，用鼻子哼了一声："哼，什么破玩意儿！"

父亲看着我，说："你刚才说的什么？你再重复一遍！"

"我说：什么破玩意儿？"我看着父亲，一时没明白他的意思。

"对，什么破玩意儿！你要永远记住这句话。当你把自己不喜欢、不需要的东西送给别人时，你得到的就是这句话！"

我的脸"刷"的一下红了。我想起以前送给别人的那些穿过的衣服、挑剩的玩具、饰物，当他们回到家打开时，他们也一定说过相同的话。

父亲看着我，说："记住，不要把别人当傻瓜。他会和你一样，知道这东西的价值。要么不送，要送，就把自己认为最好、最喜欢、最舍不得的东西送给别人。"

✹ 林　夕

🌀 情商小语 🌀

我们总有机会收到别人或者是送给别人礼物，但往往是很在意别人送给我们的东西，而不会在乎自己给别人的。礼物代表自己的心意，要想别人重视这片心意，首先我们自己要重视这份心意。送给别人自己珍视的礼物，懂你心意的人也一定会珍惜的。

（李　俊）

云雀如今离开他那润湿的窝，
腾飞中，扑着他带露的翅膀；
把这个窗台当做向东的坐落；
他唱着歌儿，为求你的亮光。
　　　　　——[英]戴夫南特爵士

第3辑

冠军是这样得到的

一群蛤蟆比赛看谁先到达一座高塔的顶端。

周围有一群围观的蛤蟆大喊:"太难为它们了!

这些蛤蟆无法到达目的地!"蛤蟆们开始泄气了。

一小部分蛤蟆在奋力摸索着向上爬去。

围观的蛤蟆继续喊着:"你们不可能到达塔顶的!"

其他的蛤蟆都被说服,停下来了,

只有一只蛤蟆一如既往继续向前,终于到达了终点。

其他的蛤蟆都很好奇,想知道为什么它就能够做到!

这时,大家才发现——它是一只聋蛤蟆!

如果有人说,你无法实现你的梦想,

这个时候你不妨选择做个"聋子",因为自信才能成功。

每一个人都是智者

相信自己也是一个有才智和潜能的人。

有一个年轻人，生性胆怯。虽然他有很好的音乐天赋，但是他每当站到舞台上时，就会控制不住怯场。因此，他错过了许多可以发展的机会。为此，他感到很痛苦。

后来，在一位朋友的引荐下，他去拜访一位成功的长者。他把内心的苦恼倾诉给了那位长者，然后恳求道："您在我认识的人中，是最有才智的一位，您可以给我指一条成功的路吗？"

长者微笑地听着，并没有立即给他答复。而后，长者起身，让年轻人一起陪他到外面去散步。当他们走到一个建筑工地前时，长者指着那些在数十米高空作业的建筑工人，问年轻人道："现在，让我们去做他们的工作行吗？"

年轻人摇了摇头。

长者说："那他们也是有才智的人呀。"

之后，他们又走到一个汽车大修厂前，长者指着正在忙碌的维修工人，问那个年轻人道："现在，让我们去做他们的工作行吗？"

年轻人又摇了摇头。

长者说："那他们也是非常有才智的人啊。"

就这样,他们一路走,长者问了年轻人一路。年轻人感到很奇怪,便不解地问:"您为什么要带我看这些呢?"

那位长者意味深长地解释道:"其实,在生活中每一个人都是智者啊。只要你相信自己,努力去做一件自己想做的事情,那么你在别人眼里也会是一个充满才智的人。"

"每一个人都是智者。"这句话里包含着一个多么深刻的哲理啊!它所要体现的不是骄傲、自大,也不是在无知下所表现出来的"无畏"。而是要我们对自己时时刻刻充满自信和求知的欲望,并且相信自己也是一个有才智和潜能的人。

只要你充满自信和勇气去做,也会有一个出色的收获。如果做到了这些,那么距离成功还会远吗?

❋ 矫友田

🌀 情商小语 🌀

迎着阳光的人就是自信的人,就是一个勇于和命运抗争的智者。不断地认识和提高自己,不去怀疑自己,不去怀疑成功。自信让我们每个人都能够成为智者。

(李 俊)

没有一种草不是花朵

> 不论生活在哪里，你们和其他人一样，都是一种草，也都是一种花。

那时我们还居住在深山里的乡下，我还是个十五六岁的孩子。春天，小草刚被融雪洗出它们嫩嫩的芽尖时，老师告诉我们，学校准备组织我们搭车到百里外的县城去参加作文竞赛。我们一听又兴奋又担忧，担忧的是，我们这群山里的孩子，作文能赛过城里的学生吗？

头发花白的老校长看出了我们的忧虑，他就说："你们常常上山下田，谁能说出一种不会开花的草？"

不会开花的草？蒲公英是会开花的，它的花朵是金黄金黄的，秋天时结满了降落伞似的小绒球；狗尾草也是会开花的，它狗尾巴似的绿穗穗就是它的花朵；就连那些麦田里的荠荠草也是会开花的，它的花洁白洁白的，有米粒那么大，像早晨被太阳镀亮的一颗颗晶莹的露珠。我们想来想去，把每一种草都想遍了，可是谁也没有想出有哪一种草是不会开花的。我们想了半天都摇摇头说："老师，没有一种草是不会开花的，所有的草都会开出自己的花朵。"

老校长笑了，说："是的，孩子们，每一种草都是一种花，栽

在精美花盆里的花都是一种草，而生长在田地边和山野里的草也是一种花啊。不论生活在哪里，你们和其他人一样，都是一种草，也都是一种花。记住，没有一种草是不会开花的，再美的花朵也是一种草。"

几十年过去了，当我从深山里的乡下走进都市里的大学，当我从乡下青年成为城市缤纷社会的一员，当我面对一束束繁茂盛开的鲜花和一次次雷鸣般的掌声时，我从不自卑，也没有浮躁过。我总会想起老校长的那句话——没有一种草是不会开花的，而每一种花也是一种草。

❊ 李　峰

🌀 情商小语 🌀

"没有一种草是不会开花的，再美的花朵也是一种草。"我们也许只是一株无人问津的小草，但实际上我们也是一株没有抬起头来面对阳光的花骨朵。花总是要开放的，只要我们努力去汲取阳光、雨露和肥料……等到我们绚烂地盛开在人们面前的时候，谁还会记得我们曾经是一株不起眼的小草？　　（李　俊）

一支铅笔的用途

任何一种用途都足以使我们生存下去。

　　纽约里士满区有一所穷人学校，它是贝纳特牧师在经济大萧条时期创办的。1983 年，一位名叫普热罗夫的捷克籍法学博士，在做毕业论文时发现，50 年来，该校出来的学生在纽约警察局的犯罪记录最低。

　　于是，普热罗夫开展了漫长的问卷调查活动。他在调查表中提问：圣·贝纳特学院教会了你什么？在 3756 份答卷中有 74％ 的人回答，他们知道了一支铅笔有多少种用途。

　　接着，普热罗夫走访了纽约市最大的一家皮货商店的老板，老板说："是的，贝纳特牧师教会了我们一支铅笔有多少种用途。我们入学的第一篇作文就是这个题目。当初，我认为铅笔只有一种用途，那就是写字。谁知铅笔不仅能用来写字，必要时还能用来做尺子画线，还能作为礼品送人表示友爱；铅笔的芯磨成粉后可做润滑粉；削下的木屑可以做成装饰画；一支铅笔按相等的比例锯成若干份，可以做成一副象棋，可以当玩具的轮子；在遇到坏人时，削尖的铅笔还能作为自卫的武器……总之，一支铅笔有无数种用途。贝纳特牧师让我们这些穷人的孩子明白，有着眼睛、鼻子、耳朵、大脑和手脚的人更是有无数种用途，并且任何一种用途都足以使我们生存下去。我原来是个电车司机,后来失业了。现在,你看,我是一位皮货商。"

普热罗夫后来又采访了一些圣·贝纳特学院毕业的学生,发现他们都有一份职业,生活得非常乐观。而且,他们都能说出一支铅笔至少 20 种用途。

※ 马　田

🌸 情商小语 🌸

"天生我材必有用",充分地发掘自己,每个人都是不平凡的。在人的一生中,我们不可能总是一帆风顺。也许我们某项才能得不到发挥,也许我们会失败。但人的潜力是无限的,还有很多才能等待着我们去发挥。只要我们保持积极的心态去面对问题,总能找到属于自己的蓝天。

（李　俊）

做一个最好的你

做日本第一流,这条道路很艰难,但不管发生什么事,都不要泄气。

在日本,有一个叫中川的语文老师给毕业班学生布置了一篇作文,题目叫《今后的打算》。

"当一名大公司的职员。""做一个科学家！""希望成为一名医生。"……同学们的打算可谓五花八门。

老师忘却了时间的流逝，兴致勃勃地批阅着学生的作文。他发现其中的两篇作文与众不同。一篇作文是学习成绩差而性格开朗的冈田三吉所作；另一篇是患过小儿麻痹症、体质弱的大川五郎所写。

冈田三吉在作文中写道："我的爸爸原来是个鞋匠，在我幼小的时候就去世了。因此，我对爸爸没有什么印象。但听说爸爸是个手艺高超的鞋匠，所以，我要做日本第一流的鞋匠。"

大川五郎的作文则是这样描述的："我的身体不好，不能做一般人都能做的工作。幸运的是有一个亲戚在东京做裁缝，我想：自己虽然不那么灵巧，但如果拼命地学习，一定能做出漂亮的衣服。将来，我一定要做一名日本第一流的裁缝。"

中川老师面对桌上摆着的这两篇作文笑了。三吉和五郎好像预先商量好了似的，都要做一名"日本第一流的"。这两名不起眼的少年有着自己美好的理想，对未来充满了信心和希望。

毕业典礼结束的晚上，三吉和五郎到了老师家里。

"老师，我决定明天就去金泽市，到冈田鞋店当见习工。"三吉信心百倍地说。

"老师，明天我要坐3点钟的火车到东京，不久，我就要成为裁缝了。"五郎苍白的小脸上泛着红晕。

"你们都要朝着做日本第一流的方向出发了。做日本第一流，这条道路很艰难，但不管发生什么事，都不要泄气。"

听着老师语重心长的嘱咐，两位少年不住地用力点着头。他们没有食言，8年以后，他们果然成了日本名副其实的第一流的鞋匠和裁缝师。在东京，只要一说起鞋匠三吉和裁缝五郎，人们都会竖起大拇指。

做一个最好的你，这就要你在做任何一桩平凡的事情时都要尽心尽力。只要你尽心尽力了，为之付出了，为之奉献了，生活就不会亏待你。

❋ 袁丽娟

🌀 情商小语 🌀

雄鹰的眼中只有深邃的天空，海豚的世界里只有宽广的海洋，而一株小树也有自己广袤无垠的土地。它们在自己的世界里顶天立地就是成功。而我们能够积极、自信地面对自己，面对生活，做最好的自己，也一样是成功。因为，我们已经实现了自己最大的价值，难道不应该骄傲吗？

（李 俊）

假 装 成 功

她每天开始工作之前，都要对着那面试衣镜，很开心、很温柔、很自信地微笑。

自信是成功的开始，付出是成功的关键。

许多年前，一个小姑娘应聘到位于美国纽约市第五大街的一家裁缝店当打杂女工。

小姑娘出身贫寒，家住在纽约的一处廉价出租房里。当她走进那家金碧辉煌的裁缝店时，仿佛置身于一个令人目眩的新世界。

正式上班以后，她经常看到女士们乘着豪华轿车来到店里，在店里镀着金边的大试衣镜前试穿她们的漂亮衣服。她们都和裁缝店里的女老板一样，穿着讲究，举止得体，端庄大方，高贵典雅。

小姑娘想：这才是女人们应该过的生活。一股强烈的欲望在她的心中升起：我也要当老板，成为她们当中的一员。

于是，小姑娘开始玩起了一个令人兴奋的游戏。她每天开始工作之前，都要对着那面试衣镜，很开心、很温柔、很自信地微笑。

她虽然经济拮据，只能穿粗布衣裳，但她假装自己已经是身穿漂亮衣服的夫人，待人接物落落大方，彬彬有礼，深受那些女士们喜爱。

她虽然地位卑微，只是一名打杂女工，但她假装自己已经是老板，工作积极投入，尽心尽责，仿佛那裁缝店就是她自己的，因此深受老板信赖。

不久，有许多客户开始对女老板说："这位小姑娘是你店中最有头脑、最有气质的女孩。"女老板也说："她的确很杰出。"又过了不久，女老板就把裁缝店交给小姑娘管理了。

日月如梭，光阴荏苒，这个小姑娘渐渐有了一个响亮的名字——"安妮特"，继而成了服装设计师，"安妮特"，最后终于成了"著名设计师安妮特夫人"。

看来，成功也可以"装"出来。如果你想成为成功人士，你不妨现在就假装自己已经是成功人士，然后像成功人士那样去做人、学习、工作，最后你就可能成为一名真正的成功人士。

❀ 吴光平

❀ 情商小语 ❀

　　梦想有多远，我们就能走多远。丑小鸭能不能变成天鹅首先在于她是否把自己当成一个天鹅来看。如果我们把自己当做是美丽的天鹅，那么即使我们是普通的鸭子也有可能展翅高飞；如果我们一直当自己是只鸭子，那么就算你是只天鹅，也会在脏乱的鸭窝中碌碌一生。所以，我们应当有梦想，有信心。

（李　俊）

谁拉你走向了平庸

　　我们原本是优秀的。只不过，是我们缺乏自信的内心，一步一步把我们从优秀的高地上拉下来，一直拉到了平庸的位置上。

　　有这样一个实验：一个长跑运动员参加一个 5 人小组的比赛，赛前教练对他说，据我了解，其他 4 个人的实力并不如你，于是，这个运动员轻松地跑了个第一名。

　　后来，教练又让他参加了另外一个 10 人小组的比赛，教练把其他人平时的成绩拿给他看，他发现别人的成绩并不如自己，他又轻松地跑了个第一名。

　　再后来，这个运动员又参加了 20 人小组的比赛，教练说，你只要战胜其中的一个人，你就会胜利。

结果，比赛中，他紧跟着教练说的那个运动员，并在最后冲刺时，又取得了第一名。

后来，换一个地方，赛前，关于其他运动员的情况，教练并没和他沟通过。在 5 人小组的比赛中，他勉强拿了一个第一名；在 10 人小组的比赛中，他滑到了第二名；20 人的比赛中，他仅仅拿了一个第五名。而实际的情况是，这次各个组的其他参赛运动员与第一次的水平完全相同。

这使我想起自己上学时的故事来了。

在小学时，我是班里的佼佼者，觉得第一非自己莫属。升到了初中后，人多了，觉得自己能考前 10 名就不错了，于是一旦考到了前 10 名，便沾沾自喜。高中后，定的目标更低，常会安慰自己：高手这么多，已经不错了。就这样，我一步步从优秀走向了平庸。

是的，生活中，不会永远有人告诉我们竞争对手的实力和能力。于是面对着周围越来越多的人，我们茫然不知所措，或者妄自菲薄，主动地把自己"安排"到一个较低的位置上。这也许是前进的路上，许多人都要走的一条路。一个著名的企业经营家曾说过：一个优秀的人才，他的自信力恒久不衰。是啊，即使你曾经是一块金子，但缺乏自信心，也会让自己黯然褪色为一块铁，甚至甘心堕落为一粒沙子，长久地淹没在沙土里，不被人发现。

我们原本是优秀的。只不过，是我们缺乏自信的内心，一步一步把我们从优秀的高地上拉下来，一直拉到了平庸的位置上。平庸，是人生的一场灾难，也是人生的悲剧。只是，更多的时候，是我们自己为自己导演了这场灾难和悲剧。

 马　德

❀情商小语❀

才华不是被上天埋没的,而是被自己埋没的。生活中,很多平庸的人都是被缺乏信心的自我打败的。恒久不衰的自信心是一种积极的生活态度。以一种乐观自信的积极态度去面对生活,把自己放在更高的位置,我们才能不断超越自己,不断进步。

(李 俊)

自己拿主意

自己拿主意,当然并不是一意孤行,而是忠于自己、相信自己。

美国著名女演员索尼亚·斯米茨的童年是在加拿大渥太华郊外的一个奶牛场里度过的。

当时她在农场附近的一所小学里读书。有一天她回家后很委屈地哭了,父亲就问原因。她断断续续地说:"班里一个女生说我长得很丑,还说我跑步的姿势难看。"父亲听后,只是微笑。忽然他说:"我能摸得着咱家的天花板。"正在哭泣的索尼亚听后觉得很惊奇,不知父亲想说什么,就反问:"你说什么?"

父亲又重复了一遍:"我能摸得着咱家的天花板。"

索尼亚忘记哭泣，仰头看看天花板。将近4米高的天花板，父亲能摸得到？她怎么也不相信。父亲笑笑，得意地说："不信吧？那你也别信那女孩的话，因为有些人说的并不是事实！"

索尼亚就这样明白了：不能太在意别人说什么，要自己拿主意！

她在24岁的时候，已是个颇有名气的演员了。有一次她要去参加集会，但经纪人告诉她，因为天气不好，只有很少人参加这次集会，会场的气氛会有些冷淡。经纪人的意思是，索尼亚刚出名，应该把时间花在一些大型的活动，以增加自身的名气。而索尼亚坚持要参加这个集会，因为她在报刊上承诺过要去参加。"我一定要兑现诺言。"结果，那次在雨中的集会，因为有了索尼亚的参加，广场上的人越来越多，她的名气和人气因此骤升。

后来，她又自己做主，离开加拿大去美国演戏，从而闻名全球。

自己拿主意，当然并不是一意孤行，而是忠于自己、相信自己。坎坷人生，很多时候我们都要自己拿主意！

❀ 中原渔人

🌀情商小语🌀

一艘没有帆的船总会随波逐流，一个没有主见的人只是一个木偶。生活绚丽多彩，我们每个人都应该是自己的主人，每个人心里都应该有一把属于自己的标尺。在坚持自我中，我们将攀上属于自己的高峰。

（李 俊）

生命的赛跑

我开始明白，与别人一致往往是软弱的表现。

我记得，那天下午，班里的同学早早就开始挖苦我了。我们班级里的男生在嘲笑我的着装。在那个年龄，孩子们什么都要整齐划一，任何差异都会遭到讥讽。我是班里唯一还在穿短裤的男生。

那时，一、二、三年级的男生很流行穿短裤，到了四年级，我们学校的所有男生都开始穿长裤。短裤和长裤之间的差别可不光是数英寸的长度。穿长裤就表明你是大孩子，快要长大了。但是，如果你上了四年级还穿短裤，大家就会觉得你是个毛头小子，甚至有点女孩子气。

那天下午，当我离开高大的红色教学楼时，我们班的男生还在毫不留情地取笑我。不必说，当我回到家里的时候，心情糟透了。

我还记得自己走进前门，和母亲坐在厨房的餐桌边。我们家的生活是圈绕厨房展开的。我的父母都是从黎巴嫩移民到美国的，从孩子们很小的时候起，他们就向孩子强调了全家一起进餐的重要性。我母亲总是说，食物不仅能维持生命，而且是一种交流和教育的手段。我们一家喜欢笑，喜欢讲故事，而这一切都是在厨房进行的。也就是在这里，我学到了生命中最重要的一课。

我就坐在餐桌边，眼里噙着泪水，告诉母亲四年级的其他男生都穿着长裤。我说："为什么我不行？男生都笑话我。"

我的母亲对于如何抚养孩子有着独到的看法。我记得她温和地问道："告诉我，你为什么想穿长裤？"

我想了一会儿，然后回答说："因为四年级的所有男生都穿长裤。"

这显然不是母亲期望听到的回答。她从餐桌边站起身来，问道："拉尔夫，你长大想成为领导者还是追随者？"我还一个字都没说上来，她就走出了厨房。

我静静地坐在那儿，思考着她说的话。就我的年龄而言，我很有头脑，明白她的话是什么意思。她希望我独立思考，保持个性，今后有大作为。在一个个夜晚，我的母亲在餐桌边赞美责任感知独立精神。她教育我的哥哥、姐姐和我坚持自己的风格，鼓足勇气，走自己的路。

当她问我想要当个领导者还是追随者的时候，我知道她想说明什么。我真想成为领导者。我只不过是想成为一个穿长裤的领导者。

就在第二天早上，我起了床，穿上深蓝色的短裤上学去。尽管我们班里的一些男生还在取笑我，但我竭力不为此而烦恼。不过，这种感觉仍然很难受。

那天下午，一群男生在学校后面的操场上比赛，看看谁在班里跑得最快。让一些男生懊恼的是，我也参加了比赛。他们都穿着长裤，我却穿着短裤。

各就各位……预备……跑！

我满怀兴奋，尽全力跑着。我就是不停地跑啊跑啊。由于穿着短裤，所以我比其他穿长裤的男生具有明显优势。一开始，我只能听到自己怦怦的心跳声。接着，我听到了身后不远处的其他男生气喘吁吁的声音，然后是场地边聚集的一小群人的呐喊和喝彩声。

猜猜谁赢了？

那是我生命中的转折点。比赛的胜利使得我深信，我的母亲是很有见地的。我感到很自信，并且开始明白，与众不同可能会是一种优势。

那时的我就是这样，9岁大小，努力想成为领导者，而不是追随者。由于竭力想成为领导者，所以我在班里变得魄力十足。我提出了大多数学生不会提出的建议。我开始明白，与别人一致往往是软弱的表现。

多年来，我时常回味母亲的建议。我总是尽力听取她的忠告。她帮助我认识到，领导者不在乎因为自己独特的观点而受到嘲笑，只身一人也能发挥重要作用。如果你想改变世界，或者你的社区，你就必须成为那种愿意穿着短裤参加生命赛跑的人。

❋ [美]玛洛·托马斯　殷　文/译

情商小语

领导者总是独一无二的，追随者总是雷同的。成功总是眷顾那些坚信自我的人，成功之路都是难以复制的，跟在别人后面，没有自己的思考和追求，又怎能超越别人，取得自己的成功呢？

（李　俊）

冠军是这样得到的

你是要成功还是要听别人的话？如果有人说，你无法实现你的梦想！你，就做一个"聋子"！

一群蛤蟆在进行竞赛，看谁先到达一座高塔的顶端。周围有一大群围观的蛤蟆在看热闹。

竞赛开始了，只听到围观者一片嘘声："太难为它们了！这些蛤蟆无法到达目的地，无法到达目的地。"

蛤蟆们开始泄气了。可是还有一些蛤蟆在奋力摸索着向上爬去。

围观的蛤蟆继续大声地喊着："太艰苦了！你们不可能到达塔顶的！"

其他的蛤蟆都被说服停下来了，只有一只蛤蟆一如既往继续向前，并且更加努力地向前。

比赛结束，其他蛤蟆都半途而废，只有那只蛤蟆以令人不解的毅力一直坚持了下来，竭尽全力到达了终点。

其他的蛤蟆都很好奇，想知道为什么它能够做到！

为了解除疑惑，一只蛤蟆走向前来，问它为什么能坚持下来到达终点。

这时，大家才发现——它是一只聋蛤蟆！

你是要成功还是要听别人的话？如果有人说，你无法实现你的梦想！你，就做一个"聋子"！

✳ 小 名

❧ 情商小语 ❧

"走自己的路，让别人说去吧！"，对于否定，有些人坚定自我，把流言飞语关在耳朵外面，他们取得了成功；有一些人意志薄弱，他们在流言飞语中动摇了自己，结果偏离了胜利的航道。一个人能否获得成功在于他有没有爬到金字塔顶的信心！ （李 俊）

我早就渴望漫步，
春光永远不再消逝的地方，
田野没有冰雹旋飞的地方，
却有百合花飘舞。
　　　　　——[英]霍普金斯

第**4**辑

背面也许很精彩

牧师从杂志上剪下一页，
然后撕成碎片，抛洒在地板上。
"孩子，如果你能将它拼好，我就给你一美元。"
牧师以为，小儿子要干好这件事，
没有大半个上午肯定是不行的，自己可以清静几个小时了。
不料还不到 10 分钟，便看见孩子手里拿着一幅拼好的世界地图。
"爸爸，其实一点也不难！因为在另一面印的是一个人的照片。
我首先将照片拼到一起，然后再把它翻过来，
世界地图不就拼好了吗？"
一个有着积极的态度，能够及时把握机会，
并且在遇到问题的时候会换一个角度去考虑问题的人，
总是生活的强者。

不能及时成功就是失败

在这个极端竞争的时代，你不但要成功，而且要及时成功，否则就是失败。

一对麻雀领来五只小宝宝，不知是否因为怕冷，宝宝紧紧地挤在同一枝上，等着父母喂食。

大鸟总是先飞到喂食器里衔取谷子，然后飞到地面咀嚼，再回到枝头哺育孩子。而每当大鸟飞临的时候，小雀都极力地抖动翅膀，张大了嘴巴，并发出叫声。别看那些小雀不大，它们的嘴巴张开了可是惊人的，似乎整个头就只有一张嘴的样子。而且小雀的嘴跟大鸟的颜色不同，色彩较浅，边缘则呈淡淡的黄色，变得非常显眼。

观察久了，这些小雀的生活竟使我产生一种惊悸。我发现在那一窝初生的小雀之间，居然也存在着激烈的竞争——生存的竞争。至于那张大嘴巴、高鸣乃至抖翅的动作，则莫不是为了吸引大鸟的注意。

鸟毕竟是鸟！那做父母的居然不知道计算每个孩子的食量，它们可以来来回回地喂同一两只小雀，只为了那两只的嘴张得特别大，声音特别响，翅膀抖得特别凶。有时候看到最瘦小的一只半天吃不到一口，真是让我发急，可是又有什么办法？只怪它的母亲太蠢，更怪它自己不知道争取表现哪！

几乎是一定的，那不知道表现而吃不到东西的小雀，后来都不见了，剩下壮硕的两三只被喂得更结实，终于能独立进食。我常想：这是否就是自然的定律呢？因为大鸟的体力有限、食物有限，在成长过程中，当然有些子女要被淘汰。

于是那抖翅、张大嘴、高鸣的表现，就值得我们深思了。因为鸟的社会正反映了人类社会，生物间生存竞争的道理是相通的。

我们常说人才不怕被埋没，迟早会被发掘出来。但是，今天这句话或许不对了！

一百年前，你可以靠科举考试而一举成名天下知；三十年前，你可以因大学毕业而雄赳赳、气昂昂；十年前，你可以混个硕士而不愁找不到好工作。但是再过十年，只怕你拿到博士学位，都还可能失业。因为你一心读博士，"出道"落在别人后面，等学位拿到时，只能给中学毕业的老板打工。

在这个极端竞争的时代，你不但要成功，而且要及时成功，否则就是失败。

所以，不如学学我窗外那两只聪明的小雀吧！

情商小语

善于表现自我的人更容易获得成功。好像一本书一样，漂亮的封面，精致的设计，配上优美或经典、风趣的文字，才有可能成为畅销书。所以，当自己有机会和能力时，及时表现你自己吧。

（张 琼）

生命的账单

这一切，我都留了足够的时间给你欣赏，你却没有珍惜。

深夜，危重病房里，癌症患者迎来了他生命中的最后一分钟，死神如期来到他的身边。

隔着氧气罩，他含糊地对死神说：再给我一分钟，就一分钟？

死神问：你要这一分钟干什么？

他说：我要用这一分钟，最后一次看看天，看看地，想想我的朋友和敌人，或者听一片树叶从树枝上飘落到地上的那一声叹息，运气好的话，我也许还能看到一朵花儿由含苞到开放……

死神说：你的想法不坏，但我不能答应你。因为这一切，我都留了足够的时间给你欣赏，你却没有珍惜。不信，你看一下我给你列的这份账单——在你 60 年的生命中，你几乎有一半时间在睡觉，这不怪你，这 30 年姑且算我占了你的便宜。在余下的 30 年中，你曾经叹息时间过得太慢，叹息的次数一共是 10000 次，平均每天一次，这其中包括你少年时代在课堂上，青年时期在约会的长椅上，中年时期下班前和壮年时期等待升迁的仕途上。在你的生命中，你几乎每天都觉得时间太慢、太难熬，你也因此想出了许许多多消磨时间的办法，其明细账罗列如下：

打麻将（以每天两小时计），从青年到老年，你一共耗去了 6500 小时。喝酒，每顿以一小时计（实际远非这个数），从青年到老年，也不低于打麻将的时间。

此外，同事之间的应酬，上班时间狂侃甲Ａ联赛以及各种臭电视剧，拿着一张报纸出神、吐烟圈，对着窗外看着女同事的大腿发呆，对张三说李四的坏话、对李四又说张三的坏话，这又耗去你不低于打麻将和喝酒的时间。

除了这些，你还无数次叹息生命的无聊、空虚和寂寞。为此，你还强拉邻居、同事或下属打麻将、打扑克，甚至强抢小孙子的游戏机。你还赶潮流学人家上网，化名温柔帅哥，每天用十几个小时泡在"聊天室"里，和一群真真假假的女人谈情说爱……

你还和人煲电话粥，没事上街闲逛，在马路上看人下棋，一支招儿就是数小时。你还开了无数次有较强催眠作用的会，这使得你的睡眠时间远远超出了30年。而且，你又主持了许多类似的会，使更多人也和你一样超标。还有……

死神想继续往下念的时候，发现病人的生命之火已经熄灭，于是长叹一口气：如果你活着时，能想着节约几分钟的话，你就可以听完我给你记下的账单了。真可惜，我的辛苦又白费了。世人怎么都是这样，总等不到念完生命的账单，就后悔得死了。

❋ 曾 颖

🌀 情商小语 🌀

当我们在水盆里洗手时，日子从指尖滑过；当我们在路上嬉闹时，日子从脚边滑过。我们总是着急时间过得太快，事情没有做完，却依然优哉游哉过完一天。把握时间做有意义的事情吧，只有这样，当我们回顾往事时，才不会因虚度年华而悔恨，不会因碌碌无为而羞耻，我们的路才会更宽更长。

（张 琼）

两棵梨树

舍不得放弃就没有发展。哥哥的那棵梨树给了他一点希望，也扼杀了他创造新生活的动力。

　　有一对同胞兄弟，在父亲临死前每人得到了家门口的一棵梨树。那是两棵百年老树，每年都结果，父亲将两棵梨树的果子挑去集市上卖了，足够一家人生活。父亲就是依靠那两棵梨树将兄弟俩养大的，现在，父亲已经去世，他老人家将两棵梨树交给了两个儿子，也给了他们生活的依靠。

　　兄弟俩各自守着自己的梨树也能勉强生存下去。可是有一天，弟弟突然发现自己的梨树枯萎了，失去了生活依靠的弟弟很伤心。看到弟弟的梨树枯死了，哥哥的心里也很难受，但他也是爱莫能助，因为他的那棵梨树仅能维持自己的生活。最后，弟弟下定决心要走出村子，到外面去寻找活路。临走前，弟弟劝哥哥一起走，因为弟弟担心哥哥那棵梨树迟早也会枯死。哥哥忧心忡忡地让弟弟先走，他觉得既然梨树还没有枯死，就说明他的生活还有保障。于是弟弟走了，哥哥留下继续依靠梨树生活。

　　几年后，弟弟虽然在外面吃尽了苦头，但终于拥有了一家属于自己的小店，并且生意还不错，虽然没赚到大钱，但足够养活一家人，也算是为自己找到了一条新的生存之路。于是弟弟劝哥哥也一起出来创业，可哥哥觉得既然自己的梨树还没有枯萎，还在继续结果，也能勉强支撑生活，就不应该轻易放弃。又是几年过去了，弟弟的生活越过越好，可哥哥依然守着那棵梨树过着清苦的日子。

舍不得放弃就没有发展。哥哥的那棵梨树给了他一点希望，也扼杀了他创造新生活的动力。在我们的现实生活中，像这样的梨树其实很多。

❀ 沈岳明

🌀 情商小语 🌀

在这世界上有两类人，一类人满足于现状，从来不想去创新、改变自己的生活，于是一辈子庸碌无为；一类人则从不满足于目前的生活，一直积极地探索更幸福的生活，为了将来，愿意冒着风险放弃现在，这种人的生活自然精彩，充满了希望。　　（张　琼）

没有人会带你去钓鱼

仅有欲望不足以得胜，我要立刻行动，要自立自强，自己开发属于自己的那一片沃土——潜能。

潜能激励专家魏特利曾经说过这样一句话：在开发潜能时，没有人会带你去钓鱼。

魏特利有幸在年少时，便学会了自立自强。他父亲在二次大战时身在国外，当他9岁时，在圣地亚哥他家附近，有一个陆军制空炮兵团，驻扎的士兵和他成了好友。

魏特利永难忘怀那一天，他回忆道："那天我的一位士兵朋友说：'星期天早上5点，我带你到船上钓鱼。'我雀跃不已，高兴地回答：'哇哈！我好想去。我甚至从未靠近过一艘船，我总是在桥上、防波堤上或岩石上垂钓。眼看着一艘艘船开往海中，真令人羡慕，我总是梦想，有一天我能在船上钓鱼。噢，太感谢你了！我要告诉我妈妈，下星期六请你过来吃晚饭。'"

周六晚上我兴奋得和衣上床，为了确保不会迟到，还穿着网球鞋。我在床上无法入眠，幻想着海中的各种鱼在天花板上游来游去。凌晨3点，我爬出卧房窗，准备好渔具箱，另外还带上备用的渔钩及鱼线，将钓竿上的轴上好油，带了两份花生酱和果酱三明治。4点整，我就准备出发了，钓竿、渔具箱、午餐及满腔热情，一切就绪的我坐在我家门外的路边，摸黑等待着我的士兵朋友出现。

"但他失约了。那可能就是我一生中，学会要自立自强的关键时刻。"

"我没有因此对人的真诚产生怀疑或自怜自艾，也没有爬回床上生闷气或懊恼不已，向母亲、兄弟姊妹及朋友诉苦，说那家伙没来，失约了。相反的，我跑到附近汽车、戏院空地上的售货摊，花光我帮人除草所赚的钱，买了那艘上星期在那儿看过、补缀过的单人橡胶救生艇。近午时分，我才将橡皮艇吹满气，我把它顶在头上，里头放着钓鱼的用具，活像个原始狩猎人。我摇着桨，滑入水中，假装我将启动一艘豪华大游轮，航向海洋。我钓到一些鲇鱼，享受了我的三明治，用军用水壶喝了些果汁，这是我一生中最美妙的日子之一。那真是生命中的一大高潮。"

魏特利经常回忆那天的光景，沉思所学到的经验，即使是在9岁那样稚嫩的年纪，他也学到了宝贵的一课："首先学到的是，只要鱼儿上钩，世上便没有任何值得烦心的事了。而那天下午，鱼儿的确上钩了！其次，士兵朋友教会了我，光有好的意图并不够。士兵朋友要带我去，也想着要带我去，但他并未赴约。"然而对魏特利而言，那天去钓鱼是他最大的愿望。他立即着手制订计划，使愿望成真。魏特利极有可能被失望的情绪所击溃，也极可能只是回家自我安慰："想去钓鱼，但那阿兵哥没来，这就算了吧！"相反的，他心中有个声音告诉他：仅有欲望不足以得胜，我要立刻行动，要自立自强，自己开发属于自己的那一片沃土——潜能。

❋ 依 明

❀ 情商小语 ❀

梦想的翅膀长在自己身上，要放飞梦想，我们必须自己扇动翅膀。我们不能总寄希望于在别人的帮助下达成梦想，因为没有人会一直让你依赖。大胆地行动起来吧，生命女神总是垂青于自己动手的人。

（张 琼）

不可能的事

世间的事非常奇怪,越是人们认为不可能的,做起来越顺当。

世间的事非常奇怪,越是人们认为不可能的,做起来越顺当。第一位发现这个道理的,据说是哥伦布。

1485 年 5 月,哥伦布到西班牙去游说:"我从这儿向西也能到达东方,只要你们拿出钱来资助我。"当时,没有一个人阻止他,也没有人相信他,因为当时的人认为,从西班牙向西航行不出 500 海里,就会掉进无尽的深渊。到达富庶的东方,是绝对不可能的。

可是,在他第一次航行成功,第二次又要去的时候,不仅遇到了空前的阻力,而且还有人在大西洋上拦截,并企图暗杀他。原因非常明确,因为沿这条航线绝对能够到达富庶的东方,他再去一回,那儿的黄金、玛瑙、翡翠、玉石、皮毛、香料,就会使他富比王侯,不可一世。

越是人们认为不可能的,做起来越顺当。

越是一般人认为不可能的事,越是有可能做到。这话确实很有道理。大家都认为不可能,必然谁也不去关注,谁也不去设防,谁也不去攻击;再者,不可能实现的事,一般都没有竞争对手,第一个去做的人正好可以乘虚而入。

另外,一般人认为不可能的事,肯定是十分困难、甚至是难以想象的事。因为太难,所以畏难;因为畏难,所以无人问津。不但自己不去,甚至认为别人也不会问津。可以说,世界上真正的大业,都是在别人认为不可能的情况下完成的,在人类一步步从过去走向未来的过程中,看似不可能的事,都将被一一实现。

🌀情商小语🌀

世界上没有不可能的事,只有不敢去做的人。如果你一直害怕去做自己没做过的事情,你将永远也无法跨越它;但当我们勇敢地去接受现实,迎难而上,你会发现"困难"其实比我们想象中要简单得多。

（张　琼）

恐惧来自于想象

很多时候,我们不是被自己的能力打败,而是被我们想象中的敌人打败。

现在想来,那实在是一个简单的游戏。在一次心理培训课上,培训师拿着三个沙包在讲台上娴熟地抛来抛去,抛出的沙包划出一道美丽的弧线，还没等反应过来，又一只沙包离开了他的掌心……就这样，三只沙包在培训师的面前井然有序地飞舞着，看得人眼花缭乱。

培训师停了下来，向台下的学员发问："哪位朋友敢告诉我，在今天睡觉之前，就可以学会像我这样抛沙包？"看着培训师手中的沙包，想象着它们刚才飞舞的姿态，学员们只是相视而笑，并无一人举手。

"这简直就是杂技，怎么可能在今晚之前就学会呢？""是啊！我想老师是天天练习才有这样水平的。"大家你一言我一语地议论着。

这时，培训师微笑着打断了大家，他坚定地说："我敢肯定，每个人只需练上三个小时，都可以学会！"

培训师出乎意料的断言让台下的每个人都大吃一惊，大家似乎在用目光询问着："这是真的吗？""三个小时就可以学会，不可能吧？"

面对大家的疑惑，培训师说："很多时候，我们不是被自己的能力打败，而是被我们想象中的敌人打败。我们会把任务想象得过于困难，于是我们学会了退缩；我们会把挫折想象得过于强大，于是我们学会了逃避；我们会把梦想想象得过于遥远，于是我们学会了放弃。我们有必要仔细思考，我们的想象力真的在对自己说实话吗……"

接下来，每个学员都带着将信将疑的心态开始了抛沙包的练习，十分钟过去了，二十分钟过去了，练习了一个多小时之后，大家基本上都学会了这项曾被我们认为很难达到的技能，每个人都体验到了超越"不可能"带来的快乐。

李小李

情商小语

很多时候我们不是被困难打败的,而是被自己想象产生的恐惧打败的。但是,在恐惧之后你有没有想过,你尝试过吗?你真的尽力对待过所谓的难事了吗?这些困难真的无法克服吗?因为想象产生的恐惧让人在梦想之前止步,这是多么可惜啊!面对新事物时,勇敢地去接受吧,不要被自己的想象吓倒。

(张 琼)

抱怨不如改变

在多数情况下,当你责难、怒吼的时候,你的听众或许只是一只空船。那个一再惹怒你的人,决不会因为你的斥责而改变他的航向。

有一个年轻的农夫,划着小船,给另一个村子的居民运送自家的农产品。那天的天气酷热难耐,农夫汗流浃背,苦不堪言。他心急火燎地划着小船,希望赶紧完成运送任务,以便在天黑之前能返回家中。突然,农夫发现,前面有一只小船沿河而下,迎面向自己快速驶来。眼看两只船就要撞上了,但那只船并没有丝毫避让的意思,似乎是有意要撞翻农夫的小船。

"让开,快点让开!你这个白痴!"农夫大声地向对面的船吼叫道,"再不让开你就要撞上我了!"但农夫的吼叫完全没用,尽管农夫手忙脚乱地企图让开水道,但为时已晚,那只船还是重重地撞上了他的船。农夫被激怒了,当他厉声斥责、怒目审视对方小船时,他吃惊地发现小船上空无一人。听他大呼小叫、厉声斥骂的只是一只挣脱了绳索、顺河漂流的空船。

在多数情况下,当你责难、怒吼的时候,你的对象或许只是一只空船。那个一再惹怒你的人,决不会因为你的斥责而改变他的航向。

🌀情商小语🌀

在生命的长河中,我们会遇到很多的挫折、困难,它们如同礁石阻碍着我们前行,你固执的抱怨只会使你一次次撞在礁石上。如果我们试着改变想法,绕开礁石前行时,你会发现礁石其实早已被我们甩在身后。抱怨不会改变别人什么,只会浪费我们的时间。当你不能改变他人时,试着改变你自己吧。

(张 琼)

把石头垫在脚下

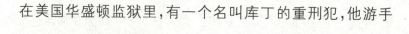

同一块土地,既长稻谷也长稗子,是成为稻谷还是成为稗子,关键还在于你自己。

在美国华盛顿监狱里,有一个名叫库丁的重刑犯,他游手好闲、嗜酒如命且毒瘾极大，对一个服务生看不顺眼，就一刀将其杀死了。结果他被判终身监禁。

库丁有两个儿子，年龄相差只有两岁，大儿子跟父亲一样，从小不务正业，学生时代就染上了很重的毒瘾，全靠偷窃和绑架勒索为生，后来也因为杀人而锒铛入狱。

小儿子却大不一样，他正直诚实、刻苦好学。大学毕业后在一家著名的大企业里谋到了满意的职位。他工作勤奋，成绩显著，多次受到公司的嘉奖和提拔，如今已经做了那家公司的总经理。他不仅事业有成，家庭生活也相当美满，有一个贤惠善良的妻子和三个聪明可爱的孩子，一家人过着甜蜜幸福的生活。

在完全相同的成长环境里，为何两个儿子有着完全不同的命运？为了弄清其中的缘由，记者前去采访。没料到兄弟二人的答案竟然是完全相同的："有这样的父亲，我还能有什么办法？"

同一块土地，既长稻谷也长稗子，是成为稻谷还是成为稗子，关键还在于你自己。

这就像我们面对着一块石头，你若把它背在背上，它就会成为一种负担；你若把它垫在脚下，它就会成为你进步的台阶。

🌀 情商小语 🌀

决定你命运的不是环境也不是他人，而是你对命运的看法。当你对命运的抱怨占据你大部分时间时，除了不幸，你什么也得不到；当你开怀坦然地去接受命运时，命运便会在你开阔的世界里，给予你很多，其实幸福需要的是你跨越不幸的勇气，是你努力向上的决心。

（张 琼）

机会只有三秒

机会只有3秒，就是在别人丢下耳机和麦克风的时候，你能捡起它。

　　她，名牌大学毕业，却找不到工作。好不容易找了份戏剧编剧助理的工作，却发现整个公司除了老板只有她一个员工。累死累活干了3个月，只拿到一个月的工资，于是炒了老板鱿鱼，开始游荡，帮人写短剧，写电影，只要按时收到钱就好，前路茫茫，她期盼着奇迹发生。

　　一次机缘巧合，她应聘到电视台一个节目当了编剧。半年后，在一次制作节目时，制作人不知为什么突然大发雷霆，说了句："不录了！"就走了。几十个工作人员全愣在那儿不知怎么办，主持人看了看四周，对她说："下面的我们自己录吧！"

　　机会只有3秒钟，3秒钟后，她拿起制作人丢下的耳机和麦克风。那一刻，她清楚地对自己说："这一次如果成功了，就证明你不仅是一个只会写写小剧本的小编剧，还可以是一个掌控全场的制作人，所以不能出丑！"

　　慢慢地，她开始做执行制作人。当时，像她那个年纪的女生能做制作人是相当罕见的。

　　几年后，这个小女生成了三度获得金钟奖的王牌制作人，接着一手制作了红得一塌糊涂的电视剧《流星花园》，被称为台湾偶像剧之母。

回首往事，柴智屏爽直地说：机会只有 3 秒，就是在别人丢下耳机和麦克风的时候，你能捡起它。

❋ 瑞 雪

🌀情商小语🌀

机会只垂青于那些有所准备的人。我们总是在抱怨机会的缺失，但机会来临时我们却往往熟视无睹。其实，生命中并非缺乏机会，缺乏的只是那些善于及时抓住机会的人。要知道机会从来不会等待，错过 1 秒，便错过了它，抓住了它，便改变了自己的命运。

（张 琼）

背面也许很精彩

> 倘若你想改变你的世界，首先就应该改变自己。

一个星期六的早晨，天下着雨，牧师正在准备明天讲道的内容。妻子外出购物了，小儿子吵闹不休，令人心烦。牧师实在受不了，从书房走到起居室。他在烦闷中捡起一本旧杂志，随手翻阅了起来。

在看到一幅色彩鲜艳的世界地图时,牧师突然灵机一动,从杂志上剪下这一页,然后再将其撕成碎片,抛洒在地板上。"孩子,看到这些碎片了吗?"他许诺说,"如是你能将它拼好,我就给你一美元。"

牧师以为,小儿子要干好这件事,没有大半个上午肯定是不行的,自己便可以清静几个小时了。不料还不到10分钟,就听见敲门声。他忐忑不安地打开门,正是小儿子。牧师大吃一惊,看见孩子手里拿着一幅拼好的世界地图。

他不解地问:"儿子,你怎么这样快就把这件事做好了?"

"爸爸,其实一点也不难!因为在另一面印的是一个人的照片。我首先将照片拼到一起,然后再把它翻过来,世界地图不就拼好了吗?"孩子高兴地说,"我想,如果一个人是正确的,那么他的世界也是正确的。"

牧师满意地笑了起来,他一边给小儿子一美元,一边颇受启发地说:"有道理!如果一个人是正确的,那么他的世界也是正确的。"

倘若你想改变你的世界,首先就应该改变自己。当你抱着积极正确的心态去对待人生时,你的世界中的一些问题势必会在你的面前低下头。积极正确的心理态度,离不开热情和活力。

李忠东

情商小语

　　世界是美好还是丑恶的,关键在于你用怎样的心态去对待它。当你抱着积极的心态,开心地去看待世界,你的眼中将充满光明;当你用灰暗消极的心态去对待世界,世界也会因此暗淡。把烦恼换一个角度看,说不定会发现它带来的不少好处。

(张　琼)

永远不晚

　　明年我们增加一岁,不论我们走着还是躺着,可有人收获,有人依然空白——差别只在于你是否开始。

　　日语学习班开学报名时,来了一位老者。

　　"给孩子报名?"登记小姐问。

　　"不,自己。"老人回答。

　　小姐愕然。屋里那些年轻的报名者也愕然,有的嗤笑。

　　老人解释:"儿子在日本找了个媳妇,他们每次回来,说话叽里咕噜,我听着急,我想听懂他们的话。"

　　"您今年高寿?"小姐问。

　　"六十八。"

"您想听懂他们的话,最少要学两年,可两年以后您都七十了!"

老人笑吟吟地反问:"姑娘,你以为我如果不学,两年以后就是六十六吗?"

事情往往如此:我们总以为开始得太晚,因此放弃,殊不知只要开始,就永不为晚。明年我们增加一岁,不论我们走着还是躺着,可有人收获,有人依然空白——差别只在于你是否开始。

老人学与不学,两年以后都是七十,差别是:学能让老人开心地和儿媳交谈,不学会使老人依然像木偶一样在旁边呆立。

❋ 孙盛起

❀ 情商小语 ❀

选择开始,你永远不会太晚。有的人会选择放弃,他们只会在剩下的时光中空等死亡的到来;有的人会努力追赶,即使他已经无法赶上别人的步伐。但只要他奋斗过,人生就会留下前进的足迹。

(张 琼)

踢"国王"的心理

我的朋友,如果在现实生活中,你不幸被"踢"了,那么,你的心里还不该暗自得意吗?

英国国王爱德华八世在他还是一个十多岁的小王子的时候,曾被送到一所海军军官学校读书。有一天,一位海军军官巡察时,发现这位小王子正伏床哭泣。这位军官上前问他为什么哭,开始的时候他什么也不肯说,后来迫不得已,才说出有几个军校的同学竟无端地轮流踢他的屁股。海军军官就把这几个学生召集过来,对他们说:"尽管小王子并没有主动告状,但我依然想知道你们为什么要这样虐待王子。"这些学生都像木头人似的站在那里一言不发,直到军官声言不说真话就开除他们时,他们才承认说,许多年后,等小王子继承了皇位,他们也差不多都成了皇家海军的指挥官或舰长,他们只希望到那时候能自豪地告诉大家,他们曾经踢过国王的屁股。

是啊,不管是踢"国王",还是踢"猛虎",总之,被踢的肯定都是那些比自己卓越和优秀的人物,谁会愚蠢到去砸一棵没有果实挂在枝头上的树呢?一个伟大的政治家曾说过这样的话:"不公正的批评和恶意的攻击,其实那是一种更有效的恭维和赞美,它往往能将一个人抬高到正面的褒扬所达不到的地步,送给他正面的宣传所得不到的荣耀。"

我的朋友,如果在现实生活中,你不幸被"踢"了,那么,你的心里还不该暗自得意吗?

❋ 王 飙

情商小语

当受到不公正的批评和恶意的攻击时,你应该愤怒吗?不。应该感谢那些人,其实这也是对我们的褒赏,起码他人觉得你"值得"他们去批评。不要被这些批评和攻击干扰,勇敢地去活得精彩吧!

(何 川)

永远不说放弃

楚王狩猎。
一只兔子从草丛中蹿出，
楚王弯弓搭箭，忽然从他的左边跳出一只山羊，
于是他把箭头对准了山羊。
这时，右边又跳出一只梅花鹿。
楚王又重新掉转箭头对准了梅花鹿。
不料，从树梢飞出了一只珍贵的苍鹰。
楚王最终选择了苍鹰，待要瞄准时，
苍鹰已迅速在空中消失。
待到楚王回过头来找其他的猎物时，早已无迹可寻。
要清楚地认识到，你的目标在哪里，
并且始终为这一个目标而奋斗，
你才可能最终达到目的。

向上帝借一只脚

> "丹普赛并不曾踢中那个球，那个球是上帝踢中的。"丹普赛成功地向上帝借了一只脚。

丹普赛出生时四肢不全，只有半边右足和一只右臂的残端。稍大一点儿的时候，这孩子竟不可救药地迷恋上了足球！父母忧虑地看着这个可怜的孩子，不知道该如何劝阻他。为了安抚孩子，实现他的梦想，他们为他做了一只木制的假足，以便使他穿上特制的足球鞋。丹普赛付出了数倍于常人的努力，一天天用他的木脚练习踢足球。他不断对自己提出越来越高的要求，让自己在离球门越来越远的地方将球踢进去。他变得极负盛名了，以至新奥尔良的圣哲队雇他为球员。那是圣哲队对底特律雄狮队的一场比赛，当丹普赛用他的跛脚在最后两秒钟内、在离球门63码(约57.6米)的地方破网时，球迷的欢呼声响遍了美国！这是这支职业足球队当时踢进的最远的一个球。这个漂亮的进球使圣哲队成了骄傲的胜利者。底特律雄狮队的教练施密特说："我们是被一个奇迹打败的。"底特律雄狮队的后卫沃尔凯说得更透彻，他说："丹普赛并不曾踢中那个球，那个球是上帝踢中的。"

丹普赛成功地向上帝借了一只脚。

上帝那里预备了太多的宝物，所有不甘平庸的人都可以去借。

 张丽钧

🌀 情商小语 🌀

上天给予的"缺陷"其实是赐给我们的宝物，他是为了看我们会不会去利用它，让这个宝物放出应有的光芒。如果只是感慨上天的不公允，抱怨他给予了自己很多"缺陷"，而不去挖掘自己的潜力，不持之以恒地坚持，那么上天给我们的宝物，我们永远发觉不了。

（陈 军）

坚持的价值

均衡的法则总是偏爱那些执著的人，坚持是一个人生命意志的表达。

安详、明亮的月光洒向平静的海面。

但空中突然响起了枪炮的轰鸣，海水咸腥的气息立刻被硝烟的辛辣所中和。折断的桅杆、圆木和风帆的碎片漂得到处都是——四周都是拼命挣扎的人们。

其中一条船上的枪炮突然静了下来——这条船的帆已经没了，桅杆也只剩下了参差的杆子，在水面以下的船体已经裂开。它的船长是不是已经决定投降了？毕竟他能有的选择只是一条沉船和葬身海底，他或许认为该投降了。

另外一条船的船长注意到了这突然的平静。投降了吗？他想着,如果他们已经弃械的话,他们的舰旗应该已经降下来了,但是透过烟雾看不清他们在做什么。因此,他朝对面的船喊了过去:

"你们降旗了吗？"

从那正在碎裂的船上传来了回答，充满了挑战:"我还没开始战斗呢！"

那是约翰·保罗·琼斯,美国海军的英雄。他不是要承认失败,而是在想着进攻的新计划。

因为他自己的船正在下沉，他取胜的唯一办法就是登上对方的船,在英国人的船上与之作战！

慢慢地,他把自己那艘已经难以驾驭的船靠近了敌船。刮下了船帆,然后又滑开了。保罗·琼斯的船试了几次要靠牢敌船,但都没有成功。然后,很巧地,他船上的锚钩钩住了对方船上的铁链。抓到敌人了！很快水兵们就熟练地把两条船用绳子紧紧地绑在了一起。

"到他们的船上去,到他们的船上去！"约翰大喊,这些勇敢的美国水兵游到了对方的船上——开始了战斗。

很快,唯一幸存的英舰船长降下了自己的旗帜,而约翰和他英勇的士兵们则成了英舰"萨拉匹斯"号的主人。当他们驾船离开时,他们自己那条无望的船,慢慢地沉没了。

我们中的大多数人远比我们自己所认为的更能够坚持。如果不是因为坚持,约翰很可能已经和他的船一起葬身海底了,或者已被英军抓获,被作为海盗在桅杆上绞死。

我们都很能坚持——但却不能正确地运用这种坚持。在两个人当中,一个聪明,但不甚坚持;另一个只是一般聪明,但却极能坚持。第二个人取得巨大成就的可能性肯定要比第一个大得多——无论是在科学、艺术还是商业领域。均衡的法则总是偏爱那些执著的人，坚持是一个人生命意志的表达。如果最初你没有成功，就用不同的方法再试一次，我们或许可以借助这一力量来排除障碍、取得自由或成功。

[美]罗伯特·科利尔

情商小语

只有坚持才能够走到成功的终点，如果到不了，那是因为我们的方法错了。要懂得坚持与变通，我们就会在成功的路上畅通无阻。即使是在即将沉没的船上，只要坚持着，也能够看到生命希望的曙光。

（陈　军）

成功在于坚守

我就知道，只要我坚守自己，坚守我的土地，时间越长，我就会越醒目。

20年前，一位农夫继承了祖上传下的几亩地，在城郊种粮食，养家糊口，与乡邻们过着同样清贫的生活。

后来，由于20公里外的地方发现油田，城市的地盘连年扩张。这位农夫所在的城郊出现了条条宽阔大道，一幢幢高楼拔地而起,与乡村的安静和简陋形成鲜明对照。

在这种形势下,城郊的农民们纷纷转让土地,有进城市打工的,有做小买卖的,反正钱也好挣,日子过得比以前富裕多了。但是,这位农夫没有放弃田地,他对妻子说:"其他活儿我都不在行,只有种地是我的专长。我希望一直守着它……"

3年过去了,农夫的几亩地渐渐被住宅楼群包围。他的家庭和土地成了楼上人眼中的风景,总是有三五成群的人到他的领地上散步、闲聊。这时的农夫已不种粮食,而改种花卉。

5年后,这位农夫的土地几乎成了都市里的一座私人花园,而农夫也成了一位优秀的园丁。他种植的花卉由于成本低,价钱相对便宜,且运输方便,简直供不应求。他每天都在赚钱。

时至今日,农夫已不再是以前的农夫了,变成本市一家花卉公司的老板,管理着手下60多名员工。虽称不上巨富,但比起当年的所有乡邻,他是唯一获得真正成功的人。

农夫说:我就知道,只要我坚守自己,坚守我的土地,时间越长,我就会越醒目。

❋ 张小石

🌀 情商小语 🌀

每个人都有自己的成功之路,每条路都有自己成功的特色。不要去盲从别人,适合别人的路不一定适合自己,选好适合自己的路,想办法克服遇到的难题,在坚持中一点点进步,走到最后就能尝到成功的喜悦了。

(陈 军)

成 功 之 路

成功就在那个方向。在你摔倒的地方不远处。

一个急于成功的人在寻找成功的路上遇见一位智者,便向他打听:"走哪条路才能够得到成功?"

智者没有说话,只是把手向远处一指。这个人看看智者指引的方向,十分激动,他认为成功近在咫尺,很快便可以得到,于是向着智者所指点的方向大步奔去。不久,路上传来咕咚一声,是那人摔倒的声音。"哎呀!"那人疼得叫了起来。

过了一会儿,这个人满身尘土、一瘸一拐地走了回来。他寻思着自己一定是误解了智者的意思,再次向智者问那个问题,智者依旧把手指向那个方向。

这个人半信半疑,但他还是顺从地沿着这条路走去。很快,路上传出一声咕咚,紧接着又是"哎呀!"一声。

这回他是爬着回来的,衣衫褴褛,浑身血污,一脸愤怒。"我问的是,走哪条路我能够成功?"他向智者咆哮道,"我完全是按照你所指引的方向走,但我所得到的却只有痛苦与受伤!不要再用手指了!用嘴告诉我成功的方向!"

这时,智者终于开了口,他说:"成功就在那个方向。在你摔倒的地方不远处。"

刘俊成

情商小语

　　很多时候我们都知道成功的路该怎么走，但是往往我们却在成功之前，因为遇到了挫折和苦难，选择了放弃。做什么事情都不要急于求成，焦急的心态只会阻碍你成功。只有不畏挫折一路坚持下去，把痛苦和受伤当做成功的考验，你才能最终和成功相遇。

（陈　军）

三只兔子不可追

　　赶路时，不要被草丛中蹿来蹿去的兔子弄得眼花缭乱，从而偏离了方向，记着自己是在赶路，唯一要干的是：看脚下，看前方。

　　父亲给我们讲了一个楚王打猎的故事。在狩猎的现场，一只兔子从草丛中蹿出，楚王弯弓搭箭，正要射猎时，忽然从他的左边跳出一只山羊，于是他把箭头对准了山羊。正在此时，右边又跳出一只梅花鹿。楚王又重新掉转箭头对准了梅花鹿。忽然从树梢飞出了一只珍贵的苍鹰。楚王最终选择了苍鹰，待要瞄准时，苍鹰已迅速在空中划过一道弧线远遁而去。待到楚王回过头来找其他的猎物时，前面的目标早已无迹可寻。楚王拿着箭比画了半天，结果一无所获。

　　人生有三只兔子不可追。少儿时代，教室之外嬉戏玩耍是一只诱人的兔子，你若去追赶它，它就带给你荒废的一生；青年时代，校园之外名利富贵是一只诱人的兔子，你若去追赶它，它就带给你虚荣的一生；中年时代，社会上灯红酒绿是一只诱人的兔子，你若去追赶它，它就带给你堕落的一生。

　　赶路时，不要被草丛中蹿来蹿去的兔子弄得眼花缭乱，从而偏离了方向，记着自己是在赶路，唯一要干的是：看脚下，看前方。

✿ 查一路

🌀 情商小语 🌀

　　梦想有很多，真正属于自己的梦想却只有一个。如果把目标换来换去，我们可能会一个都达不到。如果想要实现自己的梦想就必须一心一意地为自己的梦想努力。其他阻碍梦想的东西，我们应该统统抛在一边，坚定唯一的目标，努力去实现它。

（陈　军）

靠什么抓住幸运

他说,不是因为我幸运,而是我一直为自己的幸运作着最好的准备。

我有一个朋友,他自小喜欢唱京剧,没事的时候就唱几句。他一直坚持着,一直没有放弃。有人笑话他,因为一个男人咿咿呀呀唱的是青衣,而且有婀娜之色,人们便说他不务正业,一个大男人,爱好什么不行,非喜欢什么青衣?

可他没有因为人们的议论而改变自己的爱好。大学毕业后,他被分配在一个偏僻的小乡镇,依然没有改变自己的喜好。

那个小乡镇很穷,甚至几个月不发工资,能走的人都走了,他也想离开那里,但他只是个普通农家孩子,没有什么路子,他哪里也不能去。

正巧,中央电视台举办京剧票友大赛,他报了名;他没想要怎么样,只是因为自己喜欢了这么多年,想看看自己的水平到底如何,也想和人家学学,结果他成功了。第一次参赛,他得了最佳票友奖,还得到了京剧票友大赛的金奖。有人说他太幸运了,让他谈感受时,他说,不是因为我幸运,而是我一直为自己的幸运作着最好的准备。

当然，他的工作也调到了一个市级单位，因为那里想要一个大学生，又想要一个搞文艺的人才，上帝便再次青睐于他。因为京剧，他改变了自己的命运；因为京剧，他从一个默默无闻的男孩儿成为全国京剧界的明星。

有人说他太幸运了，也有人说他是送了礼的。可我知道，他只是一个贫家子弟，他一没钱送礼，二是鄙视那种行为。他不认识任何人，只靠自己的嗓子唱出了自己的世界，这样的幸运只是时间早一点晚一点而已。

所以，我常常告诉自己，一定要努力，不放过任何一个机会；只要有机会，那些可能就会转化为幸运。幸运大多数时候就在门外，有时候，你只需要跨出一步就可以看到；但有时候，那个门你永远跨不出去。为了那有可能的一步，我们最好还是要先走到门前；毕竟，离门越来越近的时候，你才有可能跨出去。

❀ 王虹莲

🌸情商小语🌸

幸运会光临每一个人，但是有些人看见了，有些人没看见；有些人抓住了，有些人却错过了。真正的幸运儿，是那些一直坚持梦想的人。唯有持之不懈的学习和努力才是改变人生的最强大的力量。

（陈　军）

真差 25 倍吗？

注意微小的边缘，专心致志，不遗余力，寻求突破，你将挥别失败与痛苦，笑迎成功与欢乐。

在秋天的赛季里，有两匹马，星期天和戈尔，被公认是发挥最出色的。

星期天轻松地获得肯塔基的冠军，戈尔夺得了贝尔盟的桂冠。

而在这两项比赛里，两匹马都取得了一项赛事的冠军，打成了平手。关键在于另一项总决赛，即普力克。

在普力克这场比赛里，这两匹马都奋力向终点冲去，超过其他马有一匹马的身位。电子记录牌显示，星期天获得了胜利，但仅比对手快了一个鼻子那么一丁点儿距离。

在这一单项赛事里，星期天获得了 50 万美元的奖励，再加上总成绩第一的 100 万奖金，总计 150 万美元。

而第二名戈尔——只得到了 6 万美元。

星期天得到的是戈尔的 25 倍，那么星期天真的比戈尔快 25 倍吗？

不可能。完成这 3 项比赛需要 5 个星期的时间，需要跑 4 公里的路程，一匹马只是比其对手快了 2 英寸而已，实际上差别并不大,甚至可以说几乎没有差别,而它们的回报却相差25倍!

这就是微小边缘原理在起作用。也许只是多一点点的训练,也许只是多一点点的奋争,也许计划方法只是好那么一点点,也许所有这些因素或者还有其他更多的原因。每一项几乎都是微不足道的,然而把这些加起来,优势和利益将令你难以置信。

其实,人与人之间的差别和精明与否,是通过许多小的步骤产生的,每次只是一小步而已。许多人失败后,就灰心丧气,然后放弃。倘若把注意力先放在小的改变上将会更容易、更高效,并且少受挫折地获取成功。

注意微小的边缘,专心致志,不遗余力,寻求突破,你将挥别失败与痛苦,笑迎成功与欢乐。

❋ 崔鹤同

❁情商小语❁

成功是日积月累的结果。每一次,只要你比别人多努力一点,多坚持一点,多前进一小步,不放过任何超越别人的机会,坚守到最后,就会发现,我们已经把别人远远地抛在身后了。　　(陈　军)

永 不 言 败

> "我遭人辞退了18次，本来大有可能被这些遭遇所吓退，结果却相反，我让它们鞭策我勇往直前。"

　　一位电台广播员在她的30年职业生涯中，曾遭辞退18次，可是每次事后她都放眼更高处，确立更远大的目标。

　　由于美国大陆的无线电台都认为女性不能吸引听众，没有一家肯雇用她，她就迁到波多黎各去，苦练西班牙语。有一次，一家通讯社拒绝派她到多米尼加共和国采访一次暴乱事件，她便自己凑够旅费飞到那里去，然后把自己的报道出售给电台。

　　1981年，她遭纽约一家电台辞退，说她跟不上时代，结果失业了一年多。有一天，她向一位国家广播公司电台职员推销她的清谈节目构想。

　　"我相信公司会有兴趣。"那人说，但此人不久就离开了国家广播公司。后来她碰到该电台的另一位职员，再度提出她的构想。此人也夸奖那是个好主意，但是不久也失去了踪影。最后她说服第三位职员雇用她，这人虽然答应了，但提出要她在政治台主持节目。

　　丈夫热情鼓励她尝试一下。1982年夏天，她的节目终于开播了。她对广播早已驾轻就熟，于是她利用这长处和平易近人的作风，大谈 7 月 4 日美国国庆对她自己的意义，又请听众打电话来畅谈他们的感受。

听众立刻对这个节目产生了兴趣，从此她一举成名。如今，莎莉·拉斐尔已成为自办电视节目的主持人，曾经两度获奖，在美国、加拿大和英国每天有 800 万观众收看她的节目。

"我遭人辞退了 18 次，本来大有可能被这些遭遇所吓退，"她说，"结果却相反，我让它们鞭策我勇往直前。"

✽ [美]查 今 阿 华/译

❀ 情商小语 ❀

挫折在我们满怀信心前进的时候总是喜欢不期而至，而且有时候会像"屋漏偏逢连夜雨"那样不停地来打击我们。但是我们要换一个角度定义挫折：挫折不是来打击我们的，是促使我们修正自己的错误，鞭策我们前进的。这样，我们就会有无穷的力量面对不幸的遭遇。

（陈 军）

天 赐 良 机

演出结束以后,巴西的观众发现年轻的指挥其实也是个意大利人。但是太晚了,他们已经被他的才华深深地打动,他的国籍早就不重要了。

1886 年 6 月 25 日,巴西里约热内卢剧院里剑拔弩张。

幕布还没拉开,全场已经一片混乱,跺脚声、叫骂声、口哨声不绝于耳。冲突双方是台下的巴西观众和台上的意大利歌剧团。事态之所以发展到这种地步,还要从头说起。

几天前,这个意大利歌剧团在经理加洛·罗希的带领下来巴西进行巡回演出。为了吸引观众,罗希聘请了巴西著名的音乐家莱奥波尔多·米盖尔做乐队指挥。但除了指挥外,乐队的其他成员都是意大利人。

剧团首场演出的第一个剧目《浮士德》被当地媒体批得一无是处。乐队成员抱怨巴西指挥态度傲慢,才能平庸,导致演出失败;而巴西的米盖尔也不示弱,第二天就在各大报纸上发表公开信说:"那些外国人(指意大利乐手)自满而懒惰,还对我出言不逊。"这位巴西指挥声明从当日起退出巡回演出活动。

当天下午是巡演第二场,剧目是《阿依达》,节目单早已印发,多数巴西人几天前就买好了票。当时,米盖尔在里约热内卢很有威望,听说自己喜爱的指挥愤然辞职,观众把矛头指向了"那些外国人"。意大利人对米盖尔不敬,就是对巴西的蔑视。于是就有了开头那一幕,原本温文尔雅的歌剧迷一反常态,嚷着要退票。

按计划,乐队指挥的位置由指挥助理代替。助理来到舞台前的乐队池。台下传出沙沙的响声,观众都在翻节目单,找关于他的介绍:"助理指挥,森普蒂……"一个意大利人的名字!

还没等森普蒂站稳,观众席上响起了此起彼伏的口哨声。森普蒂气愤地掷下指挥棒,离开了乐池。台下更是群情激奋,气氛更加紧张了。

现在,乐队只好由歌剧团经理罗希来指挥。为了缓解气氛,他小心翼翼地拨开幕布。又是一阵沙沙声,节目单上写着:"经理,罗希。"还是个意大利名字!罗希也被嘘声淹没,灰溜溜地逃回后台。几分钟后,领唱慢慢向指挥台凑近。观众再次翻开节目单:"合唱领唱,文特里。"怎么又是个意大利人?一片跺脚和口哨声中,文特里也被观众轰了下来。

在后台,歌剧演员们在哭泣,经理罗希烦躁地踱着步。如果被迫取消这场演出,消息一传开,整个巡回演出都可能泡汤。为了这次巡演,歌剧团投资非常大。如果失败,剧团将濒临破产,全团人马都有失业的危险。但观众情绪失控,愤怒的火山一触即发,退票似乎是唯一安全的选择。

突然,有人说:"让他试试看,节目单上没印他的名字。而且整场歌剧的曲子他都记得!"那个"他"只有 19 岁,是坐在乐队后排的一个大提琴手。男孩的位置是如此微不足道,演出前甚至有朋友对他说:"反正你在最后一排,而且只需要合奏时拉几下琴,开个小差没人知道。不如趁机去逛逛里约热内卢夜景。"但出于责任感,男孩没有溜走。现在这位默默无闻的大提琴手被推上了指挥台。观众把注意力集中在这个清瘦的男孩身上。"他是谁?"节目单沙沙地响了半天,但演员介绍里根本没他的名字。"找不到,也许是个巴西人吧?"台下的谩骂声减弱了一些。

忽然,男孩儿在众目睽睽之下挥手合上了面前的乐谱。"什么?他全凭记忆指挥!"观众惊呆了,全场顿时鸦雀无声,随后《阿依达》的前奏在剧场中低沉、缓慢地响起。一个音乐史上的传奇也从此诞生了。

演出结束以后,巴西的观众发现年轻的指挥其实也是个意大利人。但是太晚了,他们已经被他的才华深深地打动,他的国籍早就不重要了。那场歌剧更令整个音乐界轰动,为了听他指挥的歌剧,很多人甚至从其他国家赶往巴西。不知名的大提琴手一炮打响——他就是 20 世纪最伟大的指挥家之一:阿尔图罗·托斯卡尼尼。

✿ [美]保罗·哈维　　高　博/编译

🌀情商小语🌀

　　我们总是在不断充实自己,等待机遇。所以,不要离开,当很多事情变得一团糟的时候;不要放弃,当人们都陷入绝望的时候。陷入困境往往是一个机会的开始,只要抓住它,我们耐心的等待和坚持就会有回报。

(陈　军)

成功者的品质在哪里

生活中每一件琐事，都是我们培养成功者品质的小基地，这个小基地培植出来的品质，可以成就我们的大成功。

一位商界女杰因病即将离开人世了，她年轻的女儿成了她公司的唯一继承人。没有任何经营和管理经验的女儿哭得一塌糊涂，她对母亲说："您的公司可能要毁在我手里了！"母亲听了笑了笑，从枕头下面取出一支崭新的口红，说："只要你能把它完整地用完，不剩下一点儿，公司就毁不掉！"在女儿不解的神情中，母亲走向了天堂。

事后，女儿开始使用这支口红。从前，她用过许多支口红，总是没有用到最后，就被她不耐烦地扔掉了，又买了新的。她是一个没有耐心的人，她自己知道，母亲更知道。然而这一回，她却听了母亲的话，坚持使用这支口红。渐渐地，能拧出来的红都用完了，只剩下管儿里拧不出来的红。她买来一支口红刷，蘸着管儿里的口红继续使——尽管她感觉麻烦透了。最后，她真的完整地用完了这支口红，没有剩下一点。她举着口红的空管儿，非常欣慰——原来，她也可以有耐心，她也可以坚持把一件事情做到底。忽然，她明白了母亲的用意，母亲是在用琐事培养她成为一个成功者的品质，那就是：耐心和坚持！

后来,她有了自己的女儿。再后来,女儿上了学,女儿知道了外婆和母亲都是了不起的女人。有一天,女儿问母亲:"我怎样才能像外婆和您一样成功呢?"她听了笑了笑,从口袋里取出一块崭新的橡皮,说:"只要你能把它完整地用完,不剩下一点渣渣!"

有的时候,成功并不难,难的是我们不能拥有成功者的品质。那么,成功者的品质在哪里呢?殊不知,生活中每一件琐事,都是我们培养成功者品质的小基地,这个小基地培植出来的品质,可以成就我们的大成功。

❋ 淞曼铃

🌀 情商小语 🌀

成功对于一些人而言总是简单,但是对于有的人却比登天还难。这是因为那些成功者从来不会在成功的路上半途而废,而失败者却在半路上就丢失了信心和进取心。成功就像长跑,不在乎开始谁跑得快,只在于谁能够坚持到终点。

(陈 军)

104

永远不说放弃

我们必须树立一个坚不可摧的目标,并朝自己的目标不懈努力,永远不说放弃。

有一个小男孩,他一生下来就是一个残疾儿。他的右脚只有一半,而且右手还变形扭曲。然而,他从小却铭记着父母帮他树立起来的信念:"我能够做事,我也会有成就的!"

他酷爱橄榄球运动,为了增强自己的体质,他和其他孩子一样参加了"童子军"。他不顾自己身有残疾,坚持和他们一起参加每天往返10英里的加强训练。经过刻苦训练,他逐渐掌握了打球的技术。

于是,他就申请加入了新奥尔良的职业橄榄球队。教练劝他不要参加,而他坚持要求参加,并满怀信心地对教练说:"相信我,我能行的!"结果,教练只好默许,让他当上了候补射手。开始,球队只不过是让他试一试,待他适应不了球队的激烈竞争之后,会自动退出。但是,人们完全没有料到,他的球艺丝毫不比健康球员逊色,他甚至在50米开外,可以把球踢进门里。因此,教练就安排他在各种表演赛上出场,他越踢越好,竟然一共得了99分。

那是一场关键性的比赛:当时新奥尔良队落后1分,比赛只剩下最后几秒钟,可全体队员还没有过45和72米线。正巧对方犯规,教练毅然换他上场罚任意球;他上场后,一记猛射,球从57米外直飞球门,中了!结果,新奥尔良队以19比17获胜。他就是美国运动史上,颇具传奇色彩的橄榄球队员——汤姆·登普西。

我们不得不承认,有时命运之神的分配是非常不公平的,甚至说是残忍的。也许,在我们迈出人生第一步的时候,厄运已经开始纠缠着我们,并且使我们不得不忍耐超乎常人多倍的痛苦煎熬。但是,我们必须树立一个坚不可摧的目标,并朝自己的目标不懈努力,永远不说放弃。也只有这样,我们才会使自己的人生逐渐变得丰满起来!

❋矫友田

🌸情商小语🌸

厄运可能会把很多人击垮,甚至没有力气和勇气爬起来。但是还有一些人,会因为"厄运"变得更加坚强,更加勇敢。他们会为了自己的梦想,比其他人付出更多的汗水和坚持。所以,不要为一次考试失败,一次错过梦想而沮丧,只要坚持,就还有下一次的成功。

(陈 军)

走进天堂的门票

哥哥把大学录取通知书送到弟弟手中，说了这么一句话："这不是走进天堂的门票，别把太多的希望放在它的上面。"

有一对孪生兄弟，同时进入高考考场。结果，哥哥收到了大学录取通知书，弟弟则以两分之差名落孙山。兄弟俩长相酷似，性格各异。哥哥忠诚敦厚，弟弟活泼机灵；哥哥拙于言辞，弟弟口若悬河。哥哥拿着大学录取通知书面对贫病交加的父母默默无语，弟弟关在房里不吃不喝，长吁短叹"天公无眼识良才"。

愁眉不展的老爸默思了两个通宵，终于眨巴着眼睛向大儿子开口了："让给弟弟去读书吧，他天生是个读书的料！"

哥哥把大学录取通知书送到弟弟手中，说了这么一句话："这不是走进天堂的门票，别把太多的希望放在它的上面。"

弟弟不解，问："那你说这是什么？"

哥哥回答说："一张吸水纸，专吸汗水的纸！"

弟弟摇着头，笑哥哥尽说傻话。

开学了，弟弟背着行囊走进了大都市的高等学府。哥哥则让体弱多病的老爸从镇办水泥厂回家养病，自己顶上，站到碎石机旁,拿起了沉重的钢钎……

碎石机上,斑斑血迹。这台机子,曾轧断了多名工人的手指。哥哥打走上这个岗位的第一天起,就在做一个美丽的梦。他花了三个月的时间,对机身进行了技术改造,既提高了碎石质量,又提高了安全系数,厂长把他调进了烧成车间。烧成车间灰雾弥天,不少人得了硅肺病,他同几个技术骨干一起,殚精竭虑,苦心钻研,改善了车间的环保设施,厂长把他调进了科研实验室。在实验室,他博览群书,多次到名厂求经问道,反复实验,提炼新的化学配方,经过一次又一次的创新实验,使水泥质量大大提高,为厂里打出了新的品牌产品,水泥畅销华南几省。再之后,他便成为全市建材工业界的名人……

弟弟进入大学后,第一年还像读书的样子,也写过几封信问老爸的病;第二年,认识了一个大款的女儿,双双堕入爱河。那女孩成了他取之不尽、用之不竭的钱包。进入大四后,那女孩跟他"拜拜"了,他便整个儿陷入了"青春苦闷期",泡吧,上网,无心读书,考试靠作弊混得了大学毕业文凭。经市人才中心介绍,他到一家响当当的建材制品公司应聘,好不容易闯过三关,最后是在公司老总的办公室里答辩。轮到他答辩时,老总迟迟不露面,最后秘书来了,告诉他已被录用。不过,必须先到烧成车间当工人。

他感到委屈,要求一定要见老总。秘书递给他一张纸条,他展开一看,上书八个大字"欲上天堂,先下地狱"。他一抬头,猛见哥哥走了进来,端坐在老总的椅子上,他的脸顿时烧灼得发痛。

江峰青

情商小语

即使我们走在通往天堂的路，也不代表我们就一定会到达天堂。不要总是幻想可以轻易地实现自己的梦想，因为很多时候梦想都像天堂那样遥不可及。任何走进梦想天堂的路，都是我们在地狱般的苦难中磨炼成的。

（陈　军）

丑陋的声音

女孩果然不负众望，她魅力无限的独特声音伴着卡通片像长了翅膀一样，飞遍了世界各地。

一位日本女孩，自小就嗓音沙哑，同龄人都因她"丑陋的声音"而不愿与她交朋友。但这个女孩从未因此而郁郁寡欢，她一直积极而快乐地寻找着每一个展示自己的机会。

终于有一天，她争取到了参加一个社团演出的机会。那次，日本著名的漫画家藤子不二雄恰好观看了这位女孩出演的话剧，女孩特异的声音立刻吸引了他。此时他正为筹拍中的卡通片《哆啦Ａ梦》中的主人公物色一名配音演员，而这位有着沙哑嗓音的女孩却让他如获至宝。女孩果然不负众望，她魅力无限的独特声音伴着卡通片像长了翅膀一样，飞遍了世界各地。她成为家喻户晓及孩童们争相模仿的天才配音演员。

这个女孩"丑陋的声音"不仅征服了世界，更让人看到了希望的力量。其实，每个人身上都没有永远被定格的"缺陷"。只要不放弃希望，就不会失去成为胜利者的机会。

❋ 宋以民

🌀 情商小语 🌀

每个人都会有缺陷，而且都会因此而苦恼。其实，"缺陷"在很多时候只是证明了你与众不同而已。在有些人眼中的缺陷，其他人看来可能就是优势，所以不必难过。不要放弃自己的希望，而应抓住每一个改善自己的机会。

（陈 军）

骆驼的意志

一只骆驼在驮运货物时居然可以一个月不喝水，一旦找到了水，它可以在 10 分钟内喝下 135 升。

几年前，我和小秦同在效益不太景气的单位谋职。刚参加工作，我们都很拮据，租住狭小的房子，吃便宜的快餐，常常感到前途渺茫。但是为了改变现状，我们从未放弃过努力。

最后，单位垮了。我到了现在的这家企业，而小秦经过深思熟虑，决定南下打工。

如今，我和小秦还经常保持着联系。令人难以置信的是，短短几年间，小秦再不是当年的窘迫模样，成了一家公司的副总，不仅成了家，还有了宽敞的房子，买了私家车。

我问他："这么快就'抖'起来了！想想过去有什么感想啊？"

他只是平静地说："其实那时真的想回农村种地，老老实实地熬一辈子算了。但是就在那时，父亲给我讲了一个关于骆驼的故事，最终使我改变了主意。"

他向我大致重复了他父亲的意思：许多骆驼一生都在缺少水和绿色植物的沙漠里生活，在跋涉中吃各种植物，甚至包括其他动物碰都不碰的荆棘和含盐的灌木。为寻找水和食物，它们不得不进行长时间跋涉。一只骆驼在驮运货物时居然可以一个月不喝水，它会变得又瘦又憔悴。但你绝对想象不到，一旦找到了水，它可以在 10 分钟内喝下 135 升，使它的身体迅速滋润起来，恢复精神抖擞的状态。

小秦最后说："我就是一只骆驼，在困境中，从未放弃寻找，因此才有了今天。"

❋ 暖 心

🌀 情 商 小 语 🌀

当走入困境，无计可施的时候，人们往往哀叹时运不济，最后放弃自己想做的事情。难道这样就可以帮助我们渡过难关吗？当然不能！坚持下去，任何困难都会过去的。学习总是在寻找水源和绿洲的骆驼吧！

（陈 军）

永抱"胜利"之心

波德莱尔说过："没有一件工作是旷日持久的，除了那件你不敢着手进行的工作。"

法国有一名记者叫博迪，年轻的时候，他因一场疾病导致四肢瘫痪。在全身的器官中，唯一能动的只有左眼。可是，他还是决心要把自己在病倒前就构思好的作品完成。

博迪只会眨眼，所以就只有通过眨动左眼与助手沟通，逐个字母地向助手背出他的腹稿，然后由助手抄录出来。助手每一次都要按顺序把法语的常用字母读出来，让博迪来选择。当她读到的字母正是文中的字母时，博迪就眨一下眼表示正确。由于博迪是靠记忆来判断词语的，有时不一定准确，他们需要查辞典，所以每天只能录一两页。可以想象两个人的工作是多么的艰难！

几个月后，他们历经艰辛终于完成了这部著作。为了写这本书，博迪共眨了二十多万次眼。这本不平凡的书有 150 页，它的名字叫《潜水钟与蝴蝶》。

在这个世界上，很多人之所以没有成功，并不是因为他们缺少智慧，而是因为他们面对事情的艰难失去做下去的勇气。波德莱尔说过："没有一件工作是旷日持久的，除了那件你不敢着手进行的工作。"一根手指就可以建造一座大桥，一只眼睛就可以出一本书，还有什么是不可能的呢？

❋ 简 单

❧情商小语❧

　　无论做什么事情都可能会遇到困难，但是如果我们不行动，困难就总是在那，那么我们想做的事情也会夭折或者难以实现。困难就像一座山，如果我们像愚公那样，每天挖一些，总会将它移走的。因此，只要抱着必胜之心，努力去解决一点，困难就会少一点，最终我们会达成所愿的。

（陈 军）

生命的启示

> 如果你在冬天的时候就放弃，你就会错过生命中春天的盼望、夏天的美丽、秋天的收成。

　　有一个人，他有四个儿子。

　　他希望他的儿子能够学会不要太快对事情下结论。

　　所以，他依次给四个孩子一个问题，要他们分别去远方看一棵梨树。

大儿子在冬天前往，二儿子在春天，三儿子在夏天，小儿子则是在秋天前往。

当他们都回家之后，他把他们一起叫到跟前，让他们形容自己所看到的情景。

大儿子说，那棵树很丑，枯槁、扭曲。二儿子说，不是这样子，这棵树被青青的嫩芽所覆盖，充满了希望。三儿子不同意，他说树上花朵绽放，充满香气，看起来十分美丽，这美景是他从来不曾见到过的。小儿子不同意他们三人的说法。他说树上结满了果子，累累下垂，充满了生气与满足。

这个人就对他四个儿子说：你们都是正确的，因为每个人都只看到这棵树一个季节的风景。

他告诉儿子们不可用一个季节的风景来评判一棵树或是一个人，关于一个人的内在实质是怎样的，还有一个人生命的欢愉、喜乐、爱，只有在经历过所有季节之后，才能衡量。

如果你在冬天的时候就放弃，你就会错过生命中春天的盼望、夏天的美丽、秋天的收成。

不要让一个季节的痛苦毁掉其他季节的喜乐。

不要因为一个痛苦的季节就对人生下结论，坚守忍耐，度过这段艰难，美好的日子将在不久之后来到。

玉　珍/编译

情商小语

不同的时间我们会看到不一样的风景。无论什么时候，我们都有自己的烦恼和痛苦，但是只要我们坚忍地走过寒冷的冬天，春天总是会到来的，只要我们不放弃自己的希望和追求。

（陈　军）

拿出一万个小时来

我们学习上的种种小挫折，并非因为没有天赋，而是因为没有持续贡献。

到目前为止，你总共在自己本来有兴趣的事情上，对自己说过多少次"唉，我没有天赋，还是算了吧"的话呢？

天赋有那么重要吗？我访问过一位四岁就被称为音乐神童，长大之后也在音乐方面有相当成就的大提琴手。他一开始就否认自己是个天才。他说，他常被问到的问题是：在他的成功之中，天赋占了多少比例？"我想，20%不到吧……不过，这20%当中，我那从小就逼我学琴，不让我出去玩的妈妈，大概贡献了15%以上。"

英国心理学教授迈克侯威专门研究神童与天才，他得出的结论很有意思："一般人以为天才是自然发生，流畅而不受阻的闪亮才华，其实，天才也必须耗费至少10年光阴来学习他们的特殊技能，绝无例外。要成为专业人士，都须投注巨大的心血，培养自己的专业才能。一个人再有写作才华，也要靠训练和经验才能找到写作的窍门。所有成功的作家一辈子都是读者，而且大多数在年幼时就养成习惯，将思想付诸文字……"他也统计过，以学钢琴为例，如果想要变成还不错的业余钢琴家，至少需要专注地投入三千个小时的训练，如果想达到专业水准，一万个小时是跑不了的。如此看来，我们学习上的种种小挫折，并非因为没有天赋，而是因为没有持续贡献。

不用太努力，只要坚持下去。我总是这样告诉自己，想拥有一辈子的专长或兴趣，就像跑一个人的马拉松赛一样，最重要的是跑完，而不是前头跑得多快。

✿（台湾）吴淡如

情商小语

庸人总是感慨自己没有天赋而无所事事，但是"天才"不管有没有天赋都会努力培养自己的才能。所以，那些有才华的人，并不是天生就有才华，而是通过后天的努力和坚持，日积月累的结果。所以，才华是可以用汗水和时间换回来的。（陈 军）

第**6**辑

不回头看摔坏的瓦罐

古时候,有一个叫孟敏的人。

一天,他扛瓦罐上市,一不小心,瓦罐落地粉碎,

但他头也不回地向前走去。

有位叫郭林宗的人看到了,

跑上前去问孟敏,为什么不回头看看?

孟敏说:"从肩上掉下去肯定会摔得粉碎,我看它又有何用?

我前面还有更重要的事要做。"

郭林宗认为这是个拿得起放得下的人,劝他为学,

果然10年后孟敏成为知名学士。

明智的人都懂得适时地放弃一些东西,

保持自己乐观的心情,

以迎接那些更重要的事情的到来。

好好活着

水浇下去,没多久,已经垂下去的花,居然全站了起来,而且生机盎然。

大热天,禅院里的花被晒焦了。

"天哪!快浇点水吧!"小和尚喊着,接着去提了桶水来。

"别急,"老和尚说,"现在太阳大,一冷一热,非死不可,等晚一点再浇。"

傍晚,那盆花已经成了"霉干菜"的样子。

"不早浇……"小和尚咕咕哝哝地说,"一定已经死透了,怎么浇也活不了。"

"少啰唆,浇!"老和尚骂。

水浇下去,没多久,已经垂下去的花,居然全站了起来,而且生机盎然。

"天哪!"小和尚喊,"它们可真厉害,憋在那儿,撑着不死。"

"胡说,"老和尚骂,"不是撑着不死,是好好活着。"

"这有什么不同呢?"小和尚低着头。

"当然不同,"老和尚拍拍小和尚,"我问你,我今年八十多了,我是撑着不死,还是好好活着?"

不久,老和尚问小和尚:"怎么样?想通了吗?"

"没有。"小和尚还低着头。

老和尚敲了小和尚一下："笨哪，一天到晚怕死的人，是撑着不死；每天都向前看的人，是好好活着。得一天寿命，就要好好过一天。那些活着的时候天天为了怕死而拜佛烧香，希望死后能成佛的，绝对成不了佛，"老和尚笑笑，"他今生能好好过，都没好好过，老天何必给他死后更好的日子？"

情商小语

过分的忧虑不会让我们今天过得更好，也不会让明天高枕无忧。每一个人都希望能够好好生活，有美好的人生。只要好好地过好现在的每一天，让自己眼前的日子快乐而充实，明天的美好总会顺其自然地到来。

（陈　军）

每天都有彩虹

哪一天没有彩虹呢？只是没流过泪水的眼睛和心灵不能轻易地看到。

一个年轻人每天经过一条街道上班时，都能看到一位满头白发的老人。老人坐在一个非常破旧的屋檐下，脸上绽满了满足和幸福的笑意。年轻人很不解,那个老人的衣着很一般,脸上也没有好生活滋养出来的油色光泽,一点也不像富贵家庭养尊处优的老人,而且那么老,一眼望去便能知道他的过去已饱受过沧桑。为什么这样的老人却有那么满足和幸福的神态呢?

有一天,心情郁闷的年轻人经过那个老人时禁不住停下了自己的脚步。他在老人身边蹲下来,小心翼翼地问老人说:"老人家,您有一份退休金吗?"年轻人想,看上去这么满足的人,肯定会有一份不菲的退休金的。但老人笑笑说:"退休金?我没有。"年轻人想想,又俯在老人耳边说:"那您肯定有一笔丰厚的积蓄了?"

"积蓄?"老人听了,又笑着摇头说,"我也没有。"

年轻人想了想又问老人说:"那么您的子女一定生活得很不错,有自己的公司,或者身居要职吧?"

老人一听,又摇摇头说:"他们什么也没有,都不过是平常的工人,靠劳动挣工资,靠工资养家糊口而已。"年轻人一听,就更加不解了,他问老人说:"我每天从这里经过看见您,见您都是很幸福、很满足的样子,老人家,您能告诉我这是为什么吗?"

老人说:"我每天都在看天上的彩虹呀。"每一天?年轻人更疑惑了,彩虹一年也就那么三两次,怎么会每一天都有呢,见年轻人不解,老人笑笑说:"我这一辈子,讨过饭,逃过荒,背井离乡十几年,曾经好多次死里逃生过。唉,真是没有少受过难,少吃过苦,人生的酸甜苦辣,老头儿我都尝遍了,人生的辛酸泪水,我也流尽了。"老人又笑笑说,"可如今呢,我居有屋,食有粥,几个儿女虽说不才,却也每人都有一份自己的工作,都有一份自己的工资,小伙子,你说我能不感到满足和幸福吗？我能不每一天都看到彩虹吗？"

老人顿了顿，又感叹说："其实，哪一天没有彩虹呢，只是没留过泪的眼睛看不见，只要流过泪，人每一天都是能看到彩虹的。"

年轻人一听，心顿时一颤，是啊，哪一天没有彩虹呢？路上陌生人的一个微笑；朋友电话里的一个轻轻问候；同事一次紧紧的握手；回到家里，妻子的一声轻轻嗔怪，女儿或儿子一个小小的亲昵；出门时，父亲或母亲的一句浅浅的叮嘱……

哪一天没有彩虹呢？只是没流过泪水的眼睛和心灵不能轻易地看到。

每一天都有彩虹，只要我们能透过被泪水洗礼过的眼睛和心灵去看。

情商小语

世界上有很多美好的事物，但是很多人眼里满是忧伤，所以看不到这一切。他们看见的总是消极的东西，所以心情也总是黯淡的。晴天，阳光可以照耀万物；雨天，甘露可以灌溉大地。不管晴天还是雨天，都有它美好的一面，只要我们以积极的心态去寻找，去发现。其实，在这个世界上——美，无处不在。

（陈 军）

不回头看摔坏的瓦罐

孟敏说："从肩上掉下去肯定会摔得粉碎，我看它又有何用？我前面还有更重要的事要做。"

后汉时代，太原有一个叫孟敏的人。

一天，孟敏扛瓦罐上市，一不小心，瓦罐落地粉碎，但他头也不回地向前走去，旁观者无不奇怪。有位叫郭林宗的人看到了，跑上前去问孟敏，为什么不回头看看。孟敏说："从肩上掉下去肯定会摔得粉碎，我看它又有何用？我前面还有更重要的事要做。"

郭林宗认为，这是个拿得起放得下的人，劝他为学。果然10年后孟敏成为知名学士。

情商小语

当肩上的瓦罐摔碎了，我们蹲下去捧起瓦罐的碎片，即使号啕大哭也不会让瓦罐重新变得完好。"瓦罐"已经成了无法改变的回忆。很多事情也是一样，过去了的事情已经没有办法更改，就没有必要再去计较了，乐观面对，整理好心情，去把握那些我们还可以把握、即将面对的事情吧。

（陈　军）

埋掉过去的尾巴

不要把尾巴留在外面。我们可以回顾，但不要把尾巴揪出来折腾。

有两个关于尾巴的故事。

第一个是说猴子是行为和意识最接近人类的动物。有一种猴子，过着群居的生活，每当族群中的成员死了，猴子们一起在地上挖一个坑，然后把死者的身子埋葬，让它的尾巴直直地露在外面。猴子们开始围着坟墓哀嚎。这时如果一阵风吹来，尾巴随风摇动，大家以为死者复生，于是转悲为喜，七手八脚地把死者扒出来，抚弄一番，仍是死的，于是再埋葬，再哀嚎。这种痛苦的过程要重复好几次，大家终于意识到死者确实没有生的希望，最后把尾巴连同尸体一同埋掉。葬礼在无可奈何中结束。

第二个是说有个十岁的小男孩希望长大后成为一位牧师。有一天，家里的黑猫死了，他总算有机会借着举办丧礼"实习"布道。他找来一只鞋盒，将猫咪的遗体放在其中。但是当他盖上盒盖时，尾巴装不进去，因此他在盒盖上打了个洞，好将毛茸茸的尾巴露出来。之后，他召集了他的朋友们，拿出了仔细准备的讲稿，作了一场短短的讲演，并将猫儿埋葬在一个浅浅的坟墓中。当葬礼结束后，他发现猫咪的尾巴仍然露在外面，每隔两三天，他就好奇地偷偷抓着猫咪尾巴把它拉出来，再重新埋葬一次，最后尾巴断了，猫咪的尸体总算可以好好地入土为安了。

这两个故事让我联想到，我们有多少人对待别人的和自己的那些过去的错误和已被原谅的罪过，也是用同样的方法。这个世界上没有哪件事是真正可以重来，但我们不断旧事重提并为之断肠，即使上帝已经清楚地告诉我们，这些丑陋的过去只要一次认罪就永远不再纪念。

过去的已经逝去了，把它彻底埋葬吧！不要把尾巴留在外面。我们可以回顾，但不要把尾巴揪出来折腾。过去的荣耀不值一提。过去的恶，如果大家都在努力，何必再计较。没有必要把那些过去的作为一种包袱背在身上来走现在的和将来的路。原谅别人，也放过自己。

❧情商小语❧

人生总是有很多值得回忆的东西，有美好的也有丑恶的，有快乐的也有痛苦的。美好和快乐的事情总是会给自己带来好的心情，而丑恶和痛苦的只会让自己无端陷入过去的牢笼里。所以，那些不愉快的事情，就让它随着时间的流逝而飘走吧，别拿过去的事情来一遍又一遍地折磨自己。

（陈 军）

试试坏的开始

丘吉尔在政治舞台上是一个敢作敢为的政治家,可是对着那张干净整洁的画布,他半天都不敢下一笔。

有一段时间,在政治上受到打击的丘吉尔整日神情抑郁,全家人看在眼里,急在心里。而丘吉尔的一个邻居的妻子刚好是一个画家,家里常常堆满了各种各样的颜料、画笔、画布以及画好的作品。丘吉尔一家常常有机会欣赏那位邻居的杰作。后来在家人的劝慰下,丘吉尔开始跟他的邻居学习油画。

丘吉尔在政治舞台上是一个敢作敢为的政治家,可是对着那张干净整洁的画布,他半天都不敢下一笔,生怕出一点差错。那个女画家见了,索性将所有的颜料全倒在了画布上。丘吉尔一见那画布上已经满是颜料了,于是就拿起他的画笔开始在画布上任意涂抹起来,就这样丘吉尔画出了他的第一幅作品。虽然并不完美,但那毕竟是一个很大的突破了。

从此,丘吉尔开始放开手脚画画了。经过不断的练习,丘吉尔终于在画技上有了长足的进步。最后丘吉尔不仅给画坛留下了大量思维大胆、风格各异的油画作品,而且还恢复自信,并东山再起,在英国甚至全世界的历史上创造了一番惊人的业绩。

情商小语

　　我们面对洁白的画布是不是也会被心灵束缚住手脚呢？面对一件新事物，我们总是怕出错，怕毁坏它，怕驾驭不了。但是，如果我们不去尝试的话，就永远不会知道自己能够在"画布"上"画"出怎样的作品。不要输给自己的胆怯，勇敢地尝试吧！

（陈　军）

把成功写在脸上

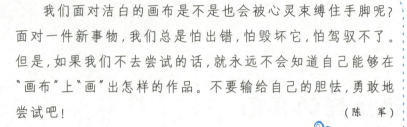

这个9岁的小男孩，对生活充满了希望和信心，面对顾客总是脸带微笑，谁会忍心不给他回报呢？

　　在瑞士埃尔德集团公司门口，有一位9岁的小鞋匠。一天，公司总裁查菲尔面对公司所有的业务代表，把小鞋匠叫到跟前，请他擦鞋，并与小鞋匠聊了起来。

　　"你擦鞋一次赚多少钱？"查菲尔问。

　　"擦一次5分钱。"小鞋匠高兴地回答。

　　"在你来之前是谁在这里擦鞋？他为什么离开？"

　　"是一位叫北尔斯的男孩，他已经17岁了。我听说，他是觉得擦鞋无法维持生活而离开的。"

"那你擦鞋一次只赚5分钱,有办法维持生活吗?"

"可以的,先生。我每个星期给我妈妈10元钱,存5元钱到银行,再留下2元的零花钱。我想再干一年,就可以用银行里的钱买辆脚踏车了。"小男孩一边卖力地擦着鞋子,一边微笑着回答问题。

擦完鞋后,查菲尔给了他5分钱,紧接着,又给他1元小费。小男孩面露迷人的微笑,还是那样欢快地说:"谢谢你,先生。"

这时,查菲尔转过头来,对公司的业务代表说:"一个17岁的鞋匠在这里擦鞋无法维持生计,而一个9岁的小男孩除维持生计外,却还有节余。这是为什么呢?就是因为他们有着两张不同的脸。17岁的男孩看不到生活的希望,整日哭丧着脸,好像别人欠他什么似的,顾客当然不会给他小费。而这个9岁的小男孩,对生活充满了希望和信心,面对顾客总是面带微笑,谁会忍心不给他回报呢?"

受这个小男孩的启发,所有的业务代表一改过去消极的心态,他们在推销产品过程中,同时也把自己的真诚和微笑一同销售出去,产品销售量大增,埃尔德集团公司也从过去面临全盘溃败的窘境,成为如今全球最大的收银机销售公司。

❋ 黄小平

🌀 情商小语 🌀

人们都生活在同一个世界上,但是总是有人苦恼,有人快乐。其实,苦恼的人遇见的挫折和困难并不比快乐的人多,只是他们只看见事物"哀伤"的一面罢了,而那些快乐的人总是看到事物"欢喜"的那一面,所以快乐总是如影随形。 (陈 军)

别预支明天的烦恼

老和尚走了过来，意味深长地对小和尚说："傻孩子，无论你今天怎么用力，明天的落叶还是会飘下来啊！"

一位小和尚，每天早上负责清扫寺庙院子里的落叶。在冷飕(sōu)飕的清晨起床扫落叶实在是一件苦差事，尤其在秋冬之际，每一次起风时，树叶总随风飞舞落下，这让小和尚头痛不已。他一直想找个好办法让自己轻松些，后来有个和尚跟他说："你在明天打扫之前先用力摇树，把落叶统统摇下来，后天就可以不用辛苦扫落叶了。"

小和尚觉得这真是个好办法，于是隔天他起了个大早，使劲地猛摇树。这样，他就可以把今天跟明天的落叶一次扫干净了。一整天小和尚都非常开心。

第二天，小和尚到院子一看，傻眼了。院子里如往日一样是落叶满地。

老和尚走了过来，意味深长地对小和尚说："傻孩子，无论你今天怎么用力，明天的落叶还是会飘下来啊！"

确实，生活中我们也常常和小和尚一样，企图把人生的烦恼都提前解决掉，以便将来过得更好，更自在，活得无忧无虑。而实际上，很多事是无法提前完成的。过早地为将来担忧，除于事无补外，只能让自己活得很累，很无奈，也会让自己觉得非常的失败。

不预支明天的烦恼，不为明天的烦恼而发愁，一定能使自己过得轻松、有诗意。

❋ 美 荣

🎵 情商小语

很多人总是为未来担心，为未来烦恼，而实际上担心只会让自己无端地再增添烦恼，而不会减少心理的负担，更不能解决我们的问题。明天的烦恼，明天再说，做好今天就是最大的收获。不要预支明天的烦恼，也许到了明天，那些所谓的烦恼早就无影无踪了。

（陈 军）

快乐即成功

少年完全明白过来，快乐胜过黄金，是世间成本最低、风险也最低的成功。

20 世纪初，有一位犹太少年，他做梦都想成为帕格尼尼那样的小提琴演奏家。他一有空闲就练琴。可是就连父母都觉得这可怜的孩子拉得实在太蹩脚了，完全没有音乐天赋。

有一天，少年去请教一位老琴师。老琴师说："孩子，你先拉一支曲子给我听听。"少年拉了帕格尼尼24首练习曲中的第三曲，简直破绽百出。一曲终了，老琴师问少年："你为什么特别喜欢拉小提琴？"少年说："我想成功，我想成为帕格尼尼那样伟大的小提琴演奏家。"老琴师又问道："你拉琴快乐吗？"少年回答："我非常快乐。"老琴师把少年带到自家的花园里，对他说："孩子，你非常快乐，这说明你已经成功了，又何必非要成为帕格尼尼那样伟大的小提琴演奏家不可？你看，世界上有两种花，一种花能结果，一种花不能结果，不能结果的花更加美丽，比如玫瑰。又比如郁金香，它们在阳光下开放，虽说没有任何明确的目的，这也就够了。"

少年完全明白过来，快乐胜过黄金，是世间成本最低、风险也最低的成功。少年心头的那团狂热之火从此冷静下来，他仍然常拉小提琴，但不再受困于帕格尼尼梦想。

这位少年是谁？他就是日后名震天下的物理学家阿尔伯特·爱因斯坦。

✳ 王开林

🌀情商小语🌀

成功或者不成功的原因有很多，除了自身的努力程度不一样，还有每个人成功的标准不一样，就像有人总想跑第一，有些人觉得跑到终点就是一种胜利。成功标准太高或者不切实际，都会使成功遥不可及。而有些人成功的标准，只是"快乐"而已，那么成功就很容易能够触及。

（陈　军）

星期九的启迪

把明天当做星期九，当成心目中每一个快乐的日子，每一个充满希望和心想事成的日子。

晚来无事，打开书本充电。

4 岁的儿子也忙个不停：一会儿翻幼儿画报，一会儿搭积木，一会儿找蜡笔画画。看他忙得不亦乐乎，这于我是最相宜不过了。

看书正酣，突然听见儿子拿起电话拨打。这个小家伙刚刚学会认识几个阿拉伯数字，便全部实践在打电话上了。

只听他煞有介事地叫着小伙伴的名字，两个小人儿便叽里咕噜地商量起大事了："好，星期九，我们一块儿玩。就这么定了。噢！再见！"

儿子挂了电话，又在房间里跑来跑去撒欢发疯起来。我把他喊到了跟前："你刚才说什么？星期九？"

儿子一蹦一跳地说："妈妈，星期九你带我去二宝家玩吧，我们已经说好了。"

听了这个傻小子的话，我笑得差点岔了气。儿子莫名其妙地望着我……

"傻儿子，"我点着他的额头说，"一个星期只有七天，没有星期九。"

儿子回过神来撒娇地说："不嘛，就有，就有。二宝都答应了。"我花费了许多口舌试图让儿子明白。他干脆堵起了耳朵："为什么有星期一，星期二，就没有星期九？"

我只好放下书本，给儿子耐心地讲解起来："星期是一种以7天为周期循环纪日的制度。公元前2000年前后，古巴比伦人曾将一朔望月分为四部分（朔月、上弦、望月、下弦），每一部分差不多都是7天。而后把7天分别配上太阳、月球、火星、水星、木星、金星、土星的名字，星期由此得名，并于公元321年3月7日为古罗马君士坦丁大帝正式颁行，沿用至今。"为了强调说明一个星期只有7天，我还搬出了《圣经》，给他讲《圣经》上的《创世记》，"到第七日，神造物的工已经完毕，就在第七日歇了他一切的工"来佐证。我知道他还听不懂这些，但我还是试图让他提前了解一些这方面的知识。

临睡前，儿子小声问我："妈妈，把明天当成星期九，好不好？我想去找二宝玩。"

面对儿子怯怯地低声祈求，我的心立刻柔软清澈起来，所有的学识和大道理全抛到了九霄云外。把明天当做星期九，当成心目中每一个快乐的日子，每一个充满希望和心想事成的日子，这是一个懵懂无知的孩童给我的启迪。

❀ 李成林

🌀 情商小语 🌀

把哪天当做"星期九"，把哪天当做快乐的日子，只要我们愿意都可以实现。虽然现实中明天未必就是一个美好的日子，但是如果我们期待它是快乐的，也许到了明天它就变得快乐了，关键是我们自己的心态。找到自己心中的"星期九"，那个使我们快乐的日子，那个我们应该快乐的日子。

（陈 军）

放下即快乐

农夫放下沉甸甸的柴草,舒心地揩着汗水说:"快乐也很简单,放下就是快乐呀!"

　　有一个富翁背着许多金银财宝,到远处去寻找快乐。可是走过了千山万水,也未找到快乐,于是他沮丧地坐在山道旁。这时,一个农夫背着一大捆柴草从山上走下来。富翁说:"我是个令人羡慕的富翁,请问为何没有快乐呢?"农夫放下沉甸甸的柴草,舒心地揩着汗水说:"快乐也很简单,放下就是快乐呀!"富翁顿时开悟:是啊,自己背着沉重的珠宝,既怕人偷又怕人抢,还怕被人谋财害命,整天提心吊胆,快乐从何而来?于是,他放下财宝,并用它接济当地的穷人。从此,富翁不再担惊受怕、忧心忡忡,反而因为帮助了穷人,得到了穷人的感激和爱戴而快乐起来。

　　"放下就是快乐",这的确是一剂灵丹妙药。于是我也试着服用此药,把心事放下,把烦恼抛开,重新调整自己,对什么事都看得开、想得明、放得下,不瞻前顾后,不计较名利得失,白天认认真真尽自己所能努力工作,晚上竟然也同妻子一样能够安安稳稳、踏踏实实地进入梦乡了。

　　放下即快乐,对每个人都适用。

❋ 良　品

情商小语

登山者,想登上顶峰,却遇到困难,就会把多余的行李丢掉。不是什么事情都如自己想象的那样一帆风顺,我们会有很多烦恼和负累。如果我们总是难以忘怀,难以放弃,就会被它所羁绊;如果放下了,就能轻装上阵,以轻松的心态去迎接挑战,不受任何干扰地去做自己的事情。

(陈　军)

向你的对手敬杯酒

对手总会给你带来压力,逼迫你去努力地投入到"斗争"中去,并想办法成为胜利者。

康熙大帝在继位执政 60 周年之际,特举行"千叟宴"以示庆贺。在宴会上,康熙敬了三杯酒,第一杯敬太皇太后,感谢太皇太后辅佐他登上皇位,一统江山;第二杯敬众大臣和天下万民,感谢众臣齐心协力尽忠朝廷,万民俯首农桑,天下昌盛;当康熙端起第三杯酒时说:"这杯酒敬我的敌人,吴三桂、郑经、噶尔丹,还有鳌拜。"宴会上的众大臣目瞪口呆。康熙接着说:"是他们逼着我建立了丰功伟绩,没有他们,就没有今天的朕,我感谢他们。"

如果没有吴三桂这些敌人,康熙会有一番丰功伟绩吗?历史不能假设,但有一句话说得好:"一个人的身价高低,就看他的对手。"没有对手,就难以看出自己的价值,难以显示出自己的能力。

对手总会给你带来压力,逼迫你去努力地投入到"斗争"中去,并想办法成为胜利者。在同对手的对抗中,你才能真正磨炼自己。从这一层意义上而言,你的对手是你前进的推动力,是你成功的催化剂。

生于忧患,死于安乐。如果你不想一生平庸,就微笑迎接一切挑战吧。向你的对手敬杯酒,感谢他们给了你成就自己的机会。

❋ 张传岐

🌀 情商小语 🌀

> 一个人没有对手往往难以发现自己的不足,也难以发挥自己的长处,更难让自己不断地进步。如同在赛场上,只有和对手一起奔跑才能够跑得更快,如果没有对手的追赶,我们就难以全力以赴地奔跑。所以,我们应该感谢那些帮助我们的人,更应该感谢我们的对手,是他们让我们认识到:人生需要奔跑,而不是缓缓地前行。
>
> (陈 军)

凡事从好处想

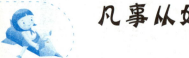

米契尔经过不懈的努力,成为美国人心中的英雄,成为美国坐在轮椅上的国会议员。

　　有一个叫米契尔的青年,一次偶然的车祸,使他全身三分之二的面积被烧伤,面目可憎,手脚变成了肉球(不分瓣),面对镜子中难以辨认的自己,他痛苦迷茫。他想到某位哲人曾经说的:"相信你能你就能!""问题不是发生了什么,而是你如何面对它!"

　　他很快从痛苦中解脱出来,几经努力、奋斗,变成了一个成功的百万富翁。此时此刻,他不顾别人规劝,非要用肉球似的双手去学习驾驶飞机。结果,他在助手的陪同下升上天空后,飞机突然发生故障,摔了下来。当人们找到米契尔时,发现他脊椎骨粉碎性骨折,他将面临终身瘫痪的现实。家人、朋友悲伤至极,他却说:"我无法逃避现实,就必须乐观接受现实,这其中肯定隐藏着好的事情。我身体不能行动,但我的大脑是健全的,我还有可以帮助别人的一张嘴。"他用自己的智慧,用自己的幽默去讲述能鼓励病友战胜疾病的故事。他走到哪里,笑声就荡漾在哪里。一天,一位护士学院毕业的金发女郎来护理他。他一眼就断定这是他的梦中情人,他把他的想法告诉了家人和朋友，大家都劝他：这是不可能的，万一人家拒绝你多难堪。他说："不，你们错了，万一成功了怎么办？万一答应了怎么办？"

多么好的思维，多么好的心态！他勇敢地向她约会、求爱。两年之后，这位金发女郎嫁给了他。米契尔经过不懈的努力，成为美国人心中的英雄，成为美国坐在轮椅上的国会议员。

有一句话说得好，快乐的最好方法，就是多看看比你还不幸的人。悲观的失败者视困难为陷阱，乐观的成功者视困难为机遇，结果就有两种截然相反的人生。生活不是缺少美，而是缺少发现。凡事从好处想，就会看到希望，有了希望才能增添我们生活的勇气和力量。

✳ 生　讯

🌀情商小语🌀

当一个人失去四肢，不能够正常行走，不能够自己独立饮食起居时，只要他心怀乐观，怀着美好的希望，他的人生一样会很快乐，一样会很成功。人生不能在长吁短叹中度过，凡事都往好处想，幸福就会降临在你的身上。

（何　川）

成功被看做最最甜美，
在从未成功者的眼里，
真要体会琼浆的滋味，
还须经最痛苦的尝试。

　　　　　　　——[美]狄金森

第**1**辑

金丝雀的口哨声

一位牧师到欧洲旅行，
听见一种极具穿透力的口哨声。
服务员告诉他，
吹口哨的是大堂里的金丝雀：
"在这只鸟很小的时候，就要对它进行训练，
每次训练前不给它进食，把它饿得有气无力，
然后将它关在一个漆黑的密闭房间里，
除了自己发出的哨声，
鸟听不到任何其他的声音。
这样才使得它不受外部世界的干扰，
几天甚至十几天地重复吹唱同样的哨声。
日复一日，它的发声器官逐渐发育成熟，
变得适合吹出动听的口哨声。"
任何一种成功都是经过磨难和坎坷得来的，
这中间没有捷径。

当人生进入黑夜

孩子,在白天,我们所能看到最远的东西,是太阳;但在夜里,我们却可以见到数不清的星星。

有一个年轻人,在路上与他求学时期的老师巧遇,老师关心地询问年轻人的近况。年轻人将自己从离开学校到进入目前的公司之后,所有遭遇的不顺利情形,一五一十地对老师尽情倾诉。

老师耐心地听着年轻人的抱怨,好不容易等到年轻人告一段落,才点点头说:"看来,你的状况似乎不是十分理想。不过,重要的是,你有没有想过要改变这种现状,让自己过得好一点呢?"

年轻人急忙回答:"我当然想要过得更好呀?老师,有什么诀窍吗?"

老师神秘地笑了笑:"的确有诀窍,你明天晚上若是有空,到这个地址来找我!"说着,老师递了张名片给年轻人。

第二天晚上,年轻人来到老师的住处,那是在市郊的一处简陋平房。老师看到年轻人,高兴地在屋外摆了两张凉椅,要年轻人坐下来陪他聊天、看星星。老师扯东道西地和年轻人聊了半晌，年轻人毛躁起来，急着要老师告诉他，如何方能使自己过得更好。

老师微笑着指着天上的星星说："你可以数得清天上有多少颗星星吗？"

年轻人抓了抓头，说："当然数不清了，可这和我有什么关系？"

老师望着年轻人，语重心长地道："孩子，在白天，我们所能看到最远的东西，是太阳；但在夜里，我们却可以见到数不清的星星。我知道你的处境不顺利，但若是年轻时便一帆风顺，终其一生，也只不过看到一个太阳；重要的是，当你的人生进入黑夜时，你是否看到更远、更多的星星？"

 一 鸣

情商小语

　　日升日落是自然的规律，不经过黑夜，就永远难见曙光。当我们被困难牵绊的时候，我们要看着远处的希望。只要我们摆正好自己的心态，认真地应对，不计较一时的得失，黎明总会到来的，更何况在黑夜里我们还可以看到数不清的美丽的星星。

（何　川）

受了挫折的阳光

> 阳光的折射，就像人生的挫折，折射使阳光美丽起来，挫折也会使人生美丽起来。

"妈妈，你看，彩虹！"

"美吗？"

"美！"

"宝贝，你知道吗？彩虹其实就是阳光。"

"阳光？我们平时见到的阳光，为啥没有这么美呢？"

"因为在雨后，空中留存的雨雾把阳光折射了，从而产生了七彩的光芒。这阳光的折射，就像人生的挫折，折射使阳光美丽起来，挫折也会使人生美丽起来。"

"妈妈，我知道了，彩虹就是受了挫折的阳光。"

雨后清新的阳光，照在那位妈妈的身上，照在那个孩子的身上，也照在孩子身下的那张轮椅上。

❋ 黄小平

❀ 情商小语 ❀

人们大都害怕挫折,其实并不是因为挫折本身有多可怕,而是因为人们恐惧的心理反而会带给自己更多的伤害。如果我们害怕它,挫折就像我们身边的影子,永远也甩不掉。只要我们勇敢地面对它,挫折就会在我们面前黯淡下去。

(何　川)

自卑不是我的错

孩子,人生最重要的不是你从哪里来,而是你要到哪里去。只要你对未来充满希望,你现在就会充满力量。

1920 年,美国田纳西州的一个小镇上有个小女孩出生了,她是一个私生子,妈妈给她取名叫珊娜。珊娜懂事后,发现自己与其他孩子不一样:没有爸爸。

很多人都对她投来歧视的目光,小伙伴们都不愿意跟她玩。

上学后,她受到的歧视并未因此减少,老师和同学还是以那种冰冷、鄙夷的眼光看她,认为她是一个没有父亲的孩子,一个没有教养的孩子,一个不好的家庭的孽种。在别人的心理暗示下,她变得越来越懦弱,自我封闭,逃避现实,不愿意与人接触,变得越来越孤独……

在珊娜幼小的心灵中，最害怕的事情就是跟妈妈一起到镇上的集市去——她总能感到有人在背后指指点点，窃窃私语："就是她，那个没有父亲，没有教养的孩子！"

在珊娜13岁那年，镇上来了一个牧师，从此她的一生改变了……

珊娜听母亲说，这个牧师非常好。别的孩子一到礼拜天，便跟着自己的父母，手牵手地走进教堂，她很羡慕，于是就无数次躲在教堂的外面，看着镇上的人兴高采烈地从教堂里出来，而她只能透过聆听教堂庄严神圣的钟声和偷看人们面部高兴的神情去想象教堂里的神奇……

有一天，她鼓起了勇气，等别人都进入教堂以后，偷偷地溜了进去，躲在后排凝神倾听。

牧师讲："失败的人不要气馁，成功的人也不要骄傲。成功和失败都不是最终结果，只是人生过程的一个事件，一段经历。在我们这个世界上，不会有永恒成功的人，也没有永远失败的人。"

珊娜被牧师的话深深地震动了，感到一股暖流在冲击着她冷漠、孤寂的心灵。

有一次，她听入迷了，忘记了时间，忘记了自卑和胆怯，直到教堂的钟声清脆地敲响，她才惊醒过来，可是已经来不及抢先"逃"走了。

先离开的人们堵住了她迅速出逃的去路，她只得低头尾随人群，慢慢朝门外移动……突然，一只手搭在她的肩上，她惊惶地顺着这只手臂望上去，此人正是牧师。

牧师温和地问："你是谁家的孩子？"

这是她十多年来最害怕听到的话。这句话就像一块通红的烙铁，直直地戳在珊娜流着血的幼小的心灵上。

牧师的声音虽然不大，却具有很强的穿透力，人们停止了走动，几百双惊愕的眼睛一齐注视着珊娜，教堂里安静得连根针掉在地上都听得见。

珊娜被这突如其来的变故完全惊呆了，她不知所措。

牧师的脸上浮着慈祥的笑容："噢——我知道了，我已经知道你是谁家的孩子了——你是上帝的孩子。"

他抚摸着珊娜的头，发表了一篇简短的演说：

"这里所有的人和你一样，都是上帝的孩子！过去不等于未来——不论你过去多么不幸，这都不重要。重要的是，你对未来必须充满希望。现在就作出决定，做你想做的人。孩子，人生最重要的不是你从哪里来，而是你要到哪里去。只要你对未来充满希望，你现在就会充满力量。不论你过去怎样，那都已经过去了。只要你调整心态，明确目标，乐观和积极地去行动，那么成功就是你的。"

牧师话音一落，教堂里顿时爆发出热烈的掌声。

整整 13 年了，压抑在珊娜心灵上的陈年冰封被"博爱"瞬间融化……她抑制不住内心的感动，眼泪夺眶而出。

珊娜的心态从此发生了巨大的变化。40 岁那年，她当选美国田纳西州州长，届满卸任之后，她弃政从商，成为世界 500 家最大企业之一的公司总裁，成为全球赫赫有名的成功人物。

❋ 憨 氏

情商小语

自卑的情绪谁都可能有过，自卑只是因为过去或者是现在的一些事情和状态，和别人相比有落差而已。我们要做到今天比昨天好，明天比今天好，一天比一天进步，这样我们就已经勇敢地战胜了自己。战胜自己就应该是最骄傲的胜利者。　　　　（何 川）

哨　声

那是一只个头很小的金丝雀，看上去毫不起眼，然而发出哨声的正是它。

一位牧师给我们讲述了一个故事。有一年，他到欧洲大陆旅行，住在某城市的一个旅店里。一天早上，他起床后待在自己的房间，这时楼下传来的口哨声引起了他的注意。那悠扬的声调让他为之一振。起初，他以为那是一种善啼的鸟类发出的声音，转念一想又觉得不可能，因为口哨声听来婉转细腻，极具穿透力。

于是他跑下楼去，想看看演奏者的庐山真面目。他仔细打量每一个他遇见的人，但似乎都不是由他们发出的口哨声。最后，他只好问旅店服务员，是谁吹出如此美妙的哨声。服务员听后哈哈大笑，指了指挂在大厅内笼子里的鸟。那是一只个头很小的金丝雀，看上去毫不起眼，然而发出哨声的正是它。

"究竟用了什么法子，能让它吹出如此美妙的哨声？"这位牧师不解地问。

服务员介绍说："在这只鸟很小的时候，就要对它进行训练，而且每次训练前不给它进食，把它饿得有气无力，然后将它关在一个漆黑的密闭房间里。在这种环境下,除了自己发出的哨声,鸟听不到任何其他的声音。这样才使得它心无旁骛,不受外部世界的干扰,几天甚至十几天地重复吹唱同样的哨声。日复一日,它的发声器官逐渐发育成熟,变得适合吹出动听的口哨声。经过这种近乎残酷的折磨后,这只鸟最终练就了一副金嗓子。"

❋ [英]罗伯特·博伊德

🌀 情商小语 🌀

人生最佳的捷径就是苦难。苦难能够使人迅速成长,能够让人的内心变得坚韧和强大。只有经受过苦难的洗礼,只有在苦难中挣扎,努力冲破牢笼,我们才能够得到想要的成功。　　(何　川)

你是长颈鹿吗?

> 这时,长颈鹿母亲做出更不合常理的举动。她再次把小长颈鹿踢倒。为什么?她想让它记住自己是怎么站起来的。

把一只长颈鹿带到世上是一个艰难的过程。长颈鹿胎儿从母亲的子宫里掉出来,落到大约 3 米以下的地面上,通常后背着地。几秒钟内，它翻过身，把四肢蜷在身体下。依靠这个姿势，它第一次得以审视这个世界，并甩掉眼睛和耳朵里最后残存的一点羊水。然后，长颈鹿母亲使用粗暴的方式把它的孩子带到现实生活中。

加里·里士满在他的著作《动物园观察》中描绘了一只新生的长颈鹿如何学习它的第一课。

长颈鹿母亲低下头，以看清小长颈鹿的位置，将自己确定在小长颈鹿的正上方。她等待了大约一分钟，然后做出最不合常理的事——她抬起长长的腿，踢向她的孩子，让它翻了一个跟斗后，四肢摊开。

如果小长颈鹿不能站起身，这个粗暴的动作就被长颈鹿妈妈不断地重复。小长颈鹿为了站起来，拼命努力。疲倦时，小长颈鹿有时会停止努力。母亲看到，就会再次踢向它，迫使它继续努力。最后，小长颈鹿终于第一次用它颤动的双腿站起身来。

这时，长颈鹿母亲做出更不合常理的举动。她再次把小长颈鹿踢倒。为什么？她想让它记住自己是怎么站起来的。在荒野中，小长颈鹿必须能够以最快的速度站起来，以免使自己与鹿群脱离，在鹿群里它才是安全的。狮子、土狼等野兽都喜欢猎食小长颈鹿，如果长颈鹿母亲不教会她的孩子尽快站起来，与大部队保持一致，那么它就会成为这些野兽的猎物。

已故著名作家欧文·斯通懂得这一点。他毕生研究伟人，为许多人写过传记，其中包括米开朗琪罗、凡·高、弗洛伊德和达尔文。

斯通曾经被问及是否发现了贯穿所有这些杰出人物生命的线索。他说："我写的这些人，在他们的生命中，总有一个既定的大目标或者梦想，然后他们就为了实现它们而努力。"

"他们都曾遭遇当头一击,一度被彻底打倒,然后在接下来的许多年里,他们走投无路。但是每次被击倒后,他们总会站起来。你不能摧毁这些人。"

[美]克雷格·拉森

情商小语

无论什么时候,无论谁都有可能被苦难击倒,或许很痛苦,或许不想再爬起来。但是不管跌倒多少次,我们都要勇敢地爬起来。只有这样我们才能够去以胜利者的姿态去面对上天给予我们的考验。

(何 川)